人造剣鬼

隻眼流廻国奇譚

菊地秀行

創土社

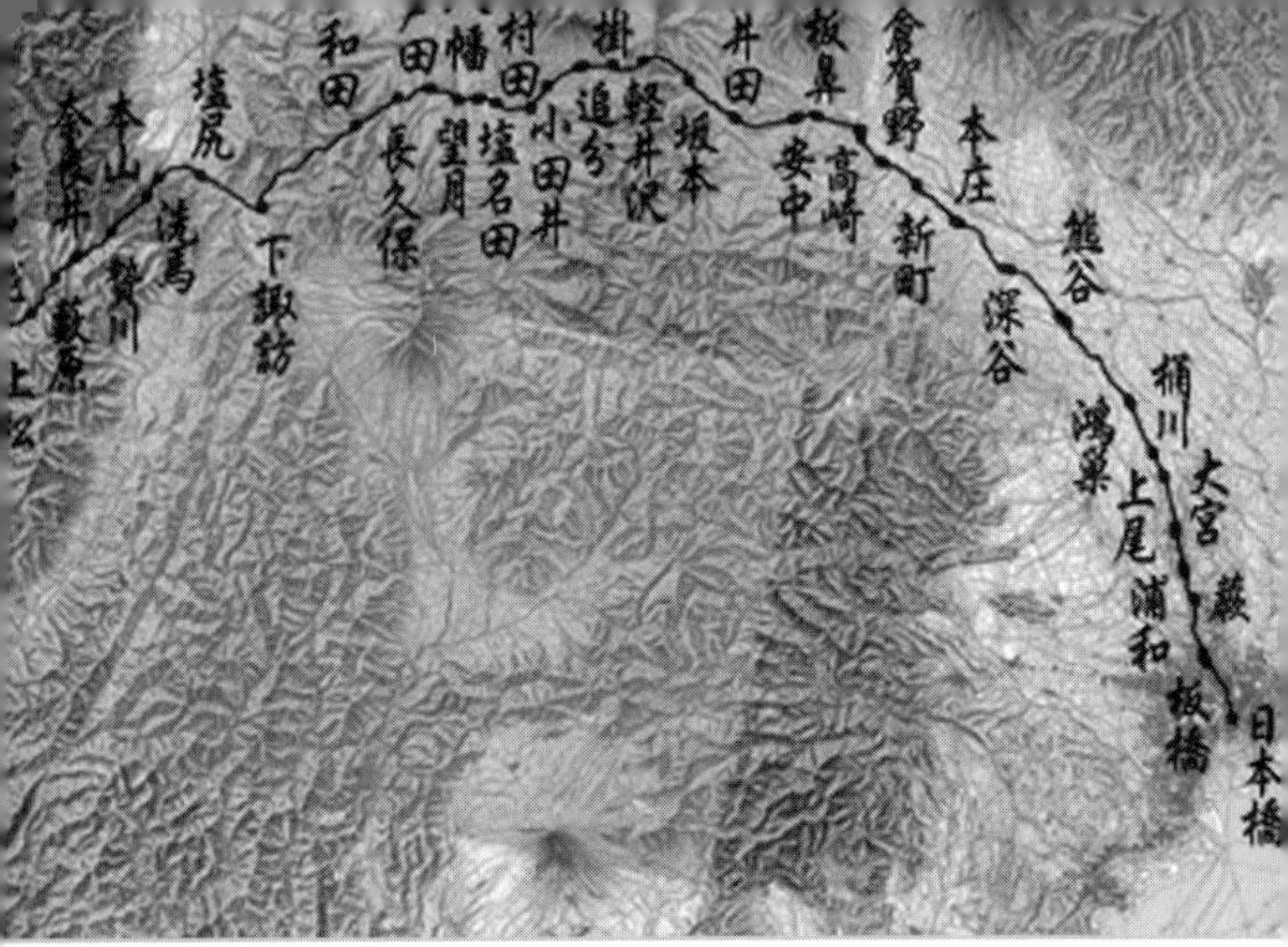

中山道69次・全長135里余（約534 km）

「中仙道」 http://nakasendo.net」より

序　章

家まで十間《けん》（約一八メートル）のところで、賢《けん》祇《ぎ》は血の匂いを嗅《か》いだ。

それまで、のんびりと山の地面を踏みしめて来た足に力が漲《みなぎ》った。負《お》った鹿《しか》を放り、三十三尺（約一〇メートル）の跳躍《ちょうやく》を二度、板戸の前に着地し駆け込んだときにはもう、左手一刀に右手をかけている。

奥の間に父が横たわっていた。食事の用意をするつもりだったらしく、囲炉裏《いろり》にかかった鉄《てつ》鍋《なべ》の中では、山菜と猪肉《ししにく》をたっぷりと混ぜた粥《かゆ》が焦《こ》げていた。

一年ぶりの食事をゆっくりと楽しむ時間はなさそうだった。

鍋を外し、周囲を見廻《まわ》しつつ声をかけた。

気配はない。

やはり、という思いが胸を衝《つ》いた。

父の脈を取り瞳孔《どうこう》を調べた。死の確認はそれで済んだ。

傷は背後から心の臓をひと刺し。死因も確かめた。

後は下手人を追うだけだ。こればかりは確認の必要はなかった。

「南無《なむ》」

片手拝みで立ち上がった上衣の裾が引かれた。

「賢祇《けんぎ》――だな？」

確かに父の声であった。つまり死人の声だ。心臓を貫《つらぬ》かれ、脈も停まった白髪《はくはつ》の老人は、ねじ曲げた上体を左手で支え、濁《にご》った眼で彼を見た。

「はい」

答えると、手は離れた。

「隠し金の場所はわかっているな？」

「はい」

奥の間《ま》の床下である。

「それを持って不乱を追え。おまえたちをこしらえてから二十と一年、この奥羽《おうう》の山中に隠れ住んで五年になる。ひょっとしたら穏《おだ》やかな一生を送れるかと思うたが、あれはやはり、魔性《ましょう》であった。そうと知りつつ、始末することはできなんだ」

父の声は意外なほど明晰《めいせき》であった。このまま延命するのではないか――淡い期待が湧いた。

「冨士枝《ふじえ》はすでに去り、不乱もまた消えた。冨士枝ひとりならまだしも――賢祇よ、死しても汝《なんじ》の兄を――不乱を葬れ」

「はい」

賢祇はうなずいた。苦悩《くのう》に満ちた動きであった。

「――いいや。姉たる冨士枝も処分せい。その後――」

「――はい」

自分の声を彼は遠く聞いた。

「父上のお言葉、確かに承りました。安《やす》んじてお逝《ゆ》きなされませ」

その頬に父の手がかかった。

「富士枝は野生の獣よ。不乱は人間《ひと》の姿をした魔物であった。だが――おまえだけは人間《ひと》の精神《こころ》を持っておる。それを知ったとき、わしは救われる思いであった。いま、そのおまえに、わしは、まともな精神にまともな顔を伴《とも》のうて無惨《むざん》な仕事《わざ》を任せねばならぬ。辛いぞ、賢祇よ。やることが出来なんだ。歪んだ心根の奴ばらにまともな顔かたちが備わり、おまえだけが違うのは――神以外の者が生命を操った罰か。おまえは人間と語らうこともならぬ、宿に泊まることも無理だ。飯屋《めしや》にも入れまい。草枕《くさまくら》を友とする旅路《たびじ》が長く長く続くであろう。それでも人間でいられるかどうか、わしにもわからぬ。賢祇よ、父はおまえを信じてもよいな?」

それは問いではなかった。確信であった。

彼はうなずいた。

「必ずや、兄上と姉上をこの手にかけまする」

そのかたわらに、不格好《ぶかっこう》な木鞘《きさや》に収まった長刀が置かれていた。鞘は三尺一寸(約一メートル二〇センチ)超、さらに十寸(約三〇センチ)の柄《つか》が、彼のそばでは平凡な長さに見えた。彼――賢祇の丈は七尺に近いのであった。

急に父の全身から力が抜けた。

指は賢祇の皮膚《ひふ》ともいうべきものを掴んでいた。布地の裂《さ》ける音が長く続いた。

誰もいない。

虫一匹いない。

それなのに、空気が怯《おび》えたかのように凍《こお》りついた。

彼は完全にこと切れた父の手指を一本ずつ開いて、破れた肌を元どおり顔に巻きつけた。幅《はば》広《ひろ》に切った長い布を。

ここだけは外部へさらした双眸《そうぼう》は、血の海の中に黒い瞳《ひとみ》が浮いているのだった。

第一章　道場破り

1

甲州街道の金沢宿《しゅく》と御射山神戸宿《みさやまごうど》との間に設けられた小宿場《しょうしゅくば》——暮狩宿《くれかり》には、他の宿場にはない特徴があった。

宿場の中央から北へ半里ほどの土地に、木立ちの落とす影に囲まれたような「慈恵寺《じけいじ》」という寺がある。

その敷地内に百坪ほどの武芸場《ぶげいば》が建って、近在の農民たちが自作の木刀を手に、汗を流しているのであった。

現在《いま》は寛永十三（一六三六）年の中秋——将軍家光《いえみつ》が、控える家臣《かしん》団を前に、祖父（家康《いえやす》）、父（秀忠《ひでただ》）と違って余は生まれながらの将軍である。以後そなたたちは全て我が家臣と見なす——こう宣言して一同を平伏《へいふく》させてから十余年を経《へ》ていたが、戦国の気風《きふう》は今もこの国の諸々《もろもろ》に熱く息づいて鞘に収まるのを拒み続けていた。

すでに戦国時代以前から、一流の創始者たちは有力大名の庇護《ひご》の下で、その剣を広めることに汲々していたが、それを良しとせず、天下に広く兵法《ひょうほう》の種を蒔《ま》くべく流浪の道を選ぶ兵法者《ひょうほうもの》たちも少なからずいた。

彼らは遠国《えんごく》の町や村を訪れてはある期間逗留《とうりゅう》し、町人農民の身分を問わず、武芸に志す者たちを集めては自らの技を伝え、新たな土地でもまたそれを繰り返して行った。そして、急ごしらえの弟子たちの中に光を秘めた者を見つけ出した場合、その町村を永住の地と定め、逝く日まで教授を絶やさぬ者もいたという。

そこは、正しくそれであった。

七年前、初老の武士が慈恵寺を訪れ、住職に一夜の宿を求めた際、この土地は農民ながら武《ぶ》辺者《へんもの》が多く、住職手づから稽古《けいこ》をつけている弟子たちの中にはかなりの素質を持つ者がいると交わされた。住職自身、戦さの空しさに僧門《そうもん》を叩いた戦国武士のひとりであった。彼は旅人に剣技の披露《ひろう》を求め、翌日、村人の力を借りて道場の建設に取りかかった。

完成後、半年を経て住職は死んだが、旅人はそこに残って指導に務め、三年後、一番弟子たる農夫は理不尽な旅の武士三名と闘って、打ち破る成果を見せた。片田舎の稽古場が街道にその名を広めたのは、この一事による。旅人の名は響清右衛門《ひびきせいえもん》。噂では、伝説の剣豪・伊藤一刀斎《いとういっとうさい》門下の双璧《そうへき》のひとり御子神典膳《みこがみてんぜん》から直々《じきじき》の指導を受けた者という。

雨雲が低く重く垂れ込め、夏に戻ったかと、誰もが汗を拭き通しの昼下がり、深編笠《ふかあみがさ》を深く傾けて街道を行く旅の武士の足が、ふと止まった。

そこから北へとのびる脇道の果てに、武芸場の姿が、檜《ひのき》の幹《みき》の間から覗《のぞ》いていた。

自ら「六騎《ろっき》の型」の手本を見せてから、清右衛門は渡り廊下《ろうか》を辿《たど》って本堂内の私室に入り、茶を嗜《たしな》んでいた。

気がつくと、右の肩を揉んでいた。

「年齢《とし》じゃな」

自然に口を衝いた。意識して揉みほぐしていたものが、知らぬ間に身体が動いていた。待てなくなったのだ。病んでいると言ってもいい。

——後は作十《さくじゅう》に任せるか。

こう思って、

——いや
と思い直す。その辺の武士なら五人でも互角に渡り合える若い農夫も、それ以上になれるとは思えない。

武士たちとの私闘は、代官所の温情で事無きを得たが、広まった噂のせいか、遠い城下の連中までが、時折り、作十の腕試しにやってくる。彼以外の弟子たちは、何年たっても雛《ひな》から一歩も出ていない。

——わしもあと二、三年は保《も》つだろう。だが、そこでこの土地に芽吹かせた一刀流の道統《どうとう》は絶える。

湯呑みに手をのばし——掴《つか》まずに立ち上がった。

道場の方から声が聞こえたのだ。

それが苦鳴《くめい》と聞き取れる聴力を、老剣客《ろうけんかく》の耳は失っていなかった。

足音がやって来た。乱れたものではないことに、清右衛門は満足した。常在戦場、常保平静は、彼の教えの基本中の基本だからだ。

だが、歩く者の動揺と恐怖は隠せていなかった。

「先生――六助《ろくすけ》です」

弟子のひとりだ。足音に含まれた感情は声に移っていた。

「道場破りか？」

「はい。通りすがりの兵法者であると」

「当たったのか？」

「常平が」

「倒されたのか？」

「一撃で。頭を割られました」

予想外の嵐が吹き荒れていると、清右衛門は臍《ほぞ》を噛んだ。

道場破りなら、打ちのめすか金をやれば去る。だが、いきなり深傷《ふかで》を負わせるようでは、道場の浮沈《ふちん》に関わる相手に違いなかった。

「行く」

廊下に正座した六助の死人のような顔が見上げた。

――何を見たか知らんが、もう剣はふるえまい。

清右衛門は滑るように道場へ向かった。

弟子は七人いた。うち四人は五歳から十歳までの子供たちだ。それ以上になると、大人と一緒に朝の暗いうちから畑へ出る。

茫然《ぼうぜん》と立つ彼らの足下の血溜りに、大の字になった常平が倒れていた。胸が弱々しく上下している。

「よせ——作十！」

清右衛門の叫びは、道場の中央で青眼《せいがん》に構える師範代に向けられていた。

作十は反応しなかった。動かない。動けないのだ、と清右衛門は見抜いた。わしの声どころか、子供たちの泣き声さえ届いていまい。聞いているのは心の臓の響きだけだ。正に大蛇《だいじゃ》に睨《にら》まれた蛙《かえる》。

清右衛門は何度か蛇を眼のあたりにしていた。捕えて腹の足しにしたこともある。そのたびに、その皮膚の美しさに感嘆したものだ。いかなる名匠《めいしょう》でも人である限り、あの青と緑の深く鮮烈なかがやきは生み出せまい。あれは自然のみが成し得る至芸《しげい》の極地《きょくち》であった。

それが、作十の前に立っていた。


深編笠の下の顔さえ美しいと想起させる羽織《はおり》の色彩《いろ》は、農家の倅のいかつい顔を鮮やかに、不気味に染めていた。

下げっ放しの木刀は道場の品である。樫《かし》の木を削り、磨《みが》いただけの雑な作りは、農民が持つにふさわしい荒々しさを備えていた。

「どうした？」

深編笠が訊いた。やや高いが美しい声であった。そして、やはりこの形容詞がつく。

——不気味だ。

「作十——剣を捨てい！」

二度目の指示に応じたのは、一番弟子ではなかった。

「ご師範《しはん》か？」

深編笠が訊いた。

「左様」

「それがし、蘭堂《らんどう》不乱と申す兵法者でござる。こちらのご高名《こうめい》を耳にして、一手ご指南を承りたいと参上した次第」

至極丁寧な物言いに、清右衛門はこう応じた。

「ならば草鞋《わらじ》は脱がれたがよかろう」

深編笠――蘭堂は足下も見ず、にやりと異様に朱い唇を歪《ゆが》めて、

「おお、これは失礼を。なれど――ここにはふさわしいかと存ずる」

ちり、と生じた怒りが胸を灼いた。それより早く、悲鳴とも取れる気合とともに作十が突きを放った。

眼前の侵入者に抱きながら、その妖気に威圧されていた怒りが、蘭堂の言葉に噴出《ふんしゅつ》してしまったのだ。

喉《のど》が詰まったような音が弾けた。

うなじまで突き抜けた木刀を、作十は見ることが出来なかった。

――即死じゃな。

これで、この稽古場《けいこば》も終わりだと、清右衛門は寂しげに考えた。

木刀が抜かれた。それに支えられていた作十の死体が崩れ落ちると同時に、血塊《けっかい》が幾つも跳ね上がった。

「師範代でも農夫は農夫。卑《いや》しい突きでござった」

清右衛門は震えた。怒りではない。彼の視界に捉え切れなかった突きの凄絶《せいぜつ》さに、である。

「御師範は武士であったと聞く。よもやこの有

り様を見て腰が引けるとは思いませぬが、真《まこと》はどうなのか。ご返答願いたい」

明らかな嘲弄《ちょうろう》であり挑発であった。清右衛門はうなずいた。

「お相手いたそう」

弟子たちはどよめき、不乱は冷え冷えと笑った。

「よい御覚悟じゃ。では――」

びゅっ、と振り抜かれた木刀の響きが、不意に消えた。別の唸《うな》りが断ち切ったのである。

みな一斉にそちらの方――道場の玄関の方を見た。そして、激しい動揺を声に乗せた。

そこにいたのは、服装《みなり》こそ違え、同じく深編笠を被った二本差しだったのである。

「どなたか？」

まず清右衛門が訊いた。

深編笠の手が顎紐にかかった。

静かに放たれた下から現れたのは、隻眼《せきがん》の男であった。その体躯《たいく》にふさわしい精悍《せいかん》な顔立ちなのに、どこかのんびりしてた風だ。左眼には黒い布が当てられ、斜めに紐が走っている。土足の深編笠と違って足袋《たび》だ。そして、いつ手にしたのか、明らかに道場の木刀を握っている。振ったのはそれだ。

「どなたかな？」

「本多牛兵衛《ほんだぎゅうべえ》と申す旅の兵法者でござる。一手ご指南に預かりたい」

無論、当人の言い草を信ずれば、清右衛門への依頼だ。答えたのは、しかし、不乱であった。

「よかろう」

本多牛兵衛はこれを無視した。そして、

「卒爾《そつじ》ながら、こちらの方はご門人《もんじん》であられるか？」

と清右衛門に訊いた。

「否《いな》じゃ」

「では、戦えませぬな」

隻眼が先の深編笠を射たのはそのときだ。不乱は応じた。

「わしは差し支えないと申しておる。見たところ、この田舎道場のどいつより歯ごたえのある男。思いもかけぬ場所で剣を交えるにふさわしい相手に巡り会えた。嬉しいぞ」

じろり、と深編傘の隙間から二人を見て、

「来なければ、こちらから行くぞ」

「よろしいか？」

と本多牛兵衛が尋ねた。相手は清右衛門である。

「外で願いたい」

「承知」

彼は木刀を手に、すたすたと玄関の方へ歩き出した。あまりにも無防備な姿に、不乱も呆気《あっけ》に取られたように立ちすくんでいたが、それも数秒、無言で後を追いはじめた。いかに凄まじい、人の形をした憤怒であったかは、遠巻きにしていた門弟たちが、一斉に跳びのいたことで知れる。

道場の前はかなり広い空地であった。二人はそこへ下りた。

「審判はそれがしが務める」

背後に門弟たちが控える清右衛門が宣言し、

眉を寄せて牛兵衛の足下を見つめた。

足袋のままである。殺気に満ちたこの状況で草鞋をはくのも面倒だというのはわかるが、板敷きの床ではない。大小の石が転がる大地だ。

――これは
清右衛門は、改めて牛兵衛を見つめた。見直したと言ってもいい。隻眼の剣士は、不乱と違い、殺気の片々も感じさせないのであった。正直、勝てまいと思った。

空気が悲鳴を上げた。

二人がまたも木刀をひと振りしたのである。

木刀の動きは止まらず、構えを取った。

蘭堂不乱は上段、切尖《きっさき》をやや右に。本多牛兵衛は右下段、刃を蘭堂に向けていた。

「開始」

清右衛門は発しながら、自分の無意味さを感じた。この二人は最初から道場主たる自分を相手にもしていない。

構えも尋常ではなかった。

上段に対して下段。一刀両断は相手を威圧しつつ一撃の下に決める。下段の刀身はまず腰から下を断って防禦《ぼうぎょ》を崩壊させたのち頸部《けいぶ》を、或いは変化してとどめの一撃を加えるだろう。

どちらにしても圧倒的な自信と実力差がなければならないし、この二人がそこまで相手を見くびっているとも思えない。要するにどちらも尋常《じんじょう》ならざる構えなのである。

清右衛門も多くの立ち合い――真剣勝負を眼のあたりにして来た。彼自身がその渦中《かちゅう》に何度もあったと言っていい。未熟者同士の戦いは矢鱈と出血が多く、呼吸《いき》も荒くなる。それでいて、無闇《むやみ》に生々しい殺気ばかりが充満し、相対したときから見物人はおろか介添人《かいぞえにん》さえも眉をひそめるものだ。

それがない。中秋の朝の光の中に白刃《しらは》を抱いて対峙《たいじ》した二人には、そのどれもが欠けていた。構えた二人がそこにいる——清右衛門たちが感じたのは、刃に対する警戒心だけであった。かような戦いをどう判断したらいいものか。清右衛門は困惑した。

2

だが、次に生じた動きは、誰の予想をも裏切るものであった。

蘭堂不乱は背を見せるや、真っしぐらに清右衛門に走り寄ったのである。不意を衝かれた牛兵衛も門弟たちも対処できなかったほどの駿足《しゅんそく》であった。

詰まったのは清右衛門との距離だ。

白光が牛兵衛の手と不乱の背とをつないだ。左の背に生《は》えた脇差《わきざし》に一瞬のけぞりつつも、不乱はスピードを落とさずなお数歩走るや、立ちすくむ清右衛門を、脳天から切り下げたのである。

そして、血煙《ちけむり》の下へ打ち伏した老剣客を見もせずに街道の方へ走り出すと、田圃《たんぼ》との境を流れる一間（約一・八メートル）ほどの小川を軽々と跳び越えて走り去った。その背に、脇差を揺らしながら。

「何たる速さか」

追跡の姿勢を解いて、牛兵衛は清右衛門に近づいた。

頭頂《とうちょう》から眉間《みけん》、顎先《あごさき》までひと太刀《たち》に割らりつぶされた老剣客は、すでにこと切れていた。先生、先生と呼ぶ門弟《もんてい》たちの声は、もう泣き声に変わっている。

それでも屈《かが》んで脈を取ろうとのばした牛兵衛の手を、死者の左手がぐいと掴んだのである。

ひええ、と門弟たちがのけぞったのは当然だ。牛兵衛だけが、唐竹《からたけ》割りになる寸前、わずかに頭部をずらして即死を免《まぬが》れたと判断した。

「あれは……あの者は……」

白く濁《にご》った眼が牛兵衛を見上げた。

「……魔性でござ……る……この世に置いては……ならぬ……必ず……必ず……処断《しょだん》して下さり……ま……せ……」

最後のせを吐き出して、老人の顔は真の死相《しそう》を浮かべて、全身の力を抜いた。

「それがしは、こちらへと向かう彼奴《きゃつ》を見て、不穏なものを感じてお邪魔した。真に妖しき奴。ご安堵《あんど》なされ――必ず」

牛兵衛の声が届いたかどうか。

脈の停止を確かめ、牛兵衛は立ち上がった。

弟子のひとりが、

「どうして、いきなり先生を？ それほどの怨《うら》みを買っていたのでしょうか？ それとも、先生を怨む誰かに頼まれて……？」

鼻をすすりながらの問いに、牛兵衛は、

「わからぬ」

と応じた。

「へ？」

「おれの脇差は、心の臓に届いたはずだ。それを平然と――あれは人間《ひと》ではない。正《まさ》しく魔性」

門弟たちの顔は紙の色になった。

「故に、我々人間の知恵では、その行動も測りかねるが――恐らく、清右衛門殿に怨みがあったわけではあるまい」

「じゃあ、じゃあ、何で？」

「おれとの勝負が相討《あいう》ちになるか、いつまでも決着がつかぬと判じたものだろう。強《し》いて目的を探すなら、この道場の師範を殺戮《さつりく》することだ」

「ど、どうして？」

「わからぬ。ひょっとしたら――」


門弟たちは息を呑んで次の言葉を待った。牛兵衛の男臭い顔に、ひどく苦いものが滲《にじ》んだ。言いたくなさそうに。

「殺《あや》めたかっただけかも知れぬ」

昼には遠い明るいだけの朝の光の中で、死の現場に居並ぶ者たちは、敬虔《けいけん》さからではなく恐怖のために白々と凍りついた。


代官所に届け出ねばならない、事情を説明してくれと請《こ》う門弟たちの願いを入れて、牛兵衛は道場に居残ることになった。

控えの間で胡坐《あぐら》をかいていると、半刻《はんとき》（一時間）ほどで、天井にひとつの気配が生じた。田舎の道場らしく、控えの間にも天井板《てんじょういた》などなく、柱も梁《はり》も剥《む》き出しの作りであった。

見上げた隻眼が焦点を合わせるより早く、二本の白い腿が、生々しく落ちて来た。音はしなかった。

腿には胴も腰もついていた。袖《そで》無しの着物を縄で結び、下半身は農作業用のもんぺを膝上一尺（約三〇センチ）ほどで切り取ったものをはいている。

着物を押し上げた豊かな胸よりも、問題の腿《もも》よりも、牛兵衛――のみならず、あらゆる男ども――の眼を吸いつけたものは、長い黒髪を丸めた美貌《びぼう》であった。

それ自体、光を放つような黒瞳《くろめ》、顔の造作が多少ずれていても、無いことにしてみせるといいたそうな天工の鼻梁《びりょう》、やや厚目の、血を塗りたくったとしか見えぬ妖艶《ようえん》な唇は、笑いの形に歪んで内側の米粒のごとき歯をきらめかせている。

丸一日見惚《みほ》れていてもおかしくはないその顔から眼をそらさず、牛兵衛は、それまでののんびりした表情を変えずに、

「蘭堂の仲間か？」

と訊いた。

「どうしてそう思う？」

「天井に潜《ひそ》んでいながら、気配も感じさせなかった隠形《おんぎょう》の法。音ひとつ立てぬ落下――剣が刺さったまま走り去った男とどこが違う？」

「ようわかったな」

女は艶《つや》やかな声で笑った。

何処か男を小莫迦《こばか》にしたような眼差《まなざ》し、十分

に男の眼を意識した位置で微妙にくねり、息づく胴と四肢《しし》——加えてその声だ。悟りを開いた高僧《こうそう》がいま襲いかかっても、非難する者は皆無《かいむ》に違いない。

女は下唇をべろりと舐めて、

「あれは、おれの兄者だ」

と言った。

「ちと脳味噌《のうみそ》が腐っていて、人を斬ることに取り憑《つ》かれてやがる。家を出てから何年になるか。一年前に偶然出会ってからは、おれがそばについて何とか抑えて来たが。今日ちょっと眼を離した隙《すき》に、またやりやがった。代官所《だいかんじょ》へ行く途中の百姓に聞いたけど、あんた、兄者と互角《ごかく》にやり合ったんだって？　とても信じられなくて、顔を覗きに来たのさ、本多牛兵衛」

「名まで聞いたか——で、そなたは？」

「そなた？」

「——おまえは？」

「おお。富士枝じゃ」

「ふむ」

「兄は蘭堂と名乗っていたが、勝手につけたものじゃ。我ら三人に姓はない」

「無い？　三人？」

「そうじゃ。三人というのはな、実は弟がひとりおる。賢祇と言って、こいつだけがまともなこころを持っている。ただ——重大な欠陥《けっかん》がひとつあるが」

不意に暗く沈んだ表情を訝《いぶか》しむこともなく、牛兵衛は、

「おまえのこころは、まともではないのか？」

「残念ながら、な」

麻笑《ましょう》ともいうべき笑みを浮かべて、

「久しぶりに、兄者を凌《しの》ぎそうな剣術使いに会うた。これから兄者を追わねばならぬ。縁があったら、また会おう」

姿勢がわずかにずれた。

牛兵衛が訊いた。

「背中のものを使わぬのか？」

富士枝の表情が変わった。

「見えぬ、と思ったが」

「腰の縄がやや下がっておる」

「さすがじゃ。兄者もおまえとだけは再び剣を交えたくはあるまい」

それまで絶やさずにいた笑みをさらに深くして、

「さらばじゃ」

その身がすうと浮き上がった。床を蹴ったとも見えぬ動きであった。牛兵衛は楔に乗った富士枝を見た。猫のように奥へと走って見えなくなった。

重い溜め息が牛兵衛の口から洩れた。

「これは放置しても良いかな。大僧正《だいそうじょう》」

と言ってから、

「しかし、三名——ひとりは魔性のように情けを知らず、ひとりは女にあるまじき破天荒《はてんこう》な獣と来た。残るひとりは——これまた人間《ひと》以上の芸を持つか」

そして、彼は部屋の隅に沈潜《ちんせん》した。堂々たる体躯が少し小さく見えた。

同じ頃、暮狩村から西へ三十里（約一二〇キロ）ほど離れた甲州井深山《いぶかやま》の麓《ふもと》で、奇妙な事態が発足《ほっそく》しつつあった。

井深山は、その峻険《しゅんげん》さと神秘性を持って、一時期中世山岳《さんがく》信仰の中心だったこともある鋭峰《えいほう》で、大物主大神《おおものぬしのおおかみ》を祭神《さいじん》とする麓の井深神社には、今なお参拝する修験者《しゅげんじゃ》の群れが絶えない。

敷地を少し離れたところを、一瀬《いちのせ》川と呼ばれる浅く速い水流が走っており、半裸の子供たちがたわむれていた。水面を眺めていると、陽光に背鰭《せびれ》をきらめかせて泳ぎ去る鮠《はや》の影が見えた。

子供たちは手にした木の棒でそれを叩くが、圧倒的な速度差に四半刻（三十分）を過ぎても一尾も手に入らず、ついに掴み取りをはじめたが、それでも手に負えない。

全員、頭に来て、こん畜生と水を蹴りとばしていると、

「ほれ」

岸辺に残った男の子の足下へ、続けざまに五尾が放られ、激しく水滴を跳ね飛ばした。

深編笠を被った武士である。柿色の山岡頭巾が顔全体を覆っている。子供たちの眼を引いたのは、侍が袴《はかま》の裾を膝頭までたくし上げて水遊びの仲間に入っていることでも、その袴と身につけた羽織、小袖が、よくも人前でこんなものを、と呆れるくらいぼろぼろなことでもなく、背中で交差させた二本の長刀であった。

いまだに戦国の気風が残るこの時代は、江戸市中でさえ、三尺（約九〇センチ）、四尺（一二

○センチ）の長物を使う豪傑《ごうけつ》が多かった。世情《せじょう》が安定した江戸中期に入って、武士の刀身は二尺三寸（約七八センチ）にほぼ定まったものの、田舎の子供たちですら、旅の武士が携えた三尺超の大幅肉厚の大刀を見慣れていたのである。

男の二刀は、四尺を超えていた。それに蔦《つた》を巻いた柄を加えるとまず四尺五寸（一三五センチ）、立てれば子供たちのほとんどより拳ひとつ高い。しかし、武士自身が長身のせいで、肩先と腰のあたりから斜めに突き出た柄も鞘もさして長く感じられないのであった。

子供ごころにも、危険だ、怖いと怯えが先立つはずが、みな眼をかがやかせ、憧憬《どうけい》の眼差しを注いだのは、剣よりも持ち主の醸《かも》し出す、春の陽ざしにも似た柔和《にゅうわ》な雰囲気の賜物《たまもの》であった。

「ほれ」

また五、六尾が小石を弾き、受け取った男の子は勿論、気づいた仲間たちも、素直な感嘆《かんたん》な眼でこの掟《おきて》破りの武士の手練《てだれ》に注目した。

彼は上体をやや前傾《ぜんけい》させ、両手は自然に垂らしていた。指先から水面《みなも》までは五寸ほど空いていた。

突如、その手が閃《ひらめ》く。一度としか見えず、水の散り具合もそれを裏付けている。にもかかわらず、岸辺の子の手元には、まとめて五尾以上の魚が撥ね上げられるのであった。

「凄《すげ》えや！」

「甚兵衛《じんべえ》さんも敵《かな》わねえぜ」

釣り自慢の村長の名まで上げた讃辞《さんじ》に気を好くしたのでもあるまいが、武士はさらに十尾以上をすくい上げてから、道に上がった。それも、子供たちが使う渡り橋脇の道ではなく、かなり急な傾斜に片足をかけるや、ひょいと――正にひょいと道の上に立っていたのである。子供たちの感嘆の念は、はや尊敬に変わっていた。

このとき、井深山から、強い吹き下ろしが里を襲った。

土埃《つちぼこり》が舞い、魚を集めていた子供が眼を押さえて立ち上がった。その身が川の方へ傾いたのを見て、武士は素早く駆け寄り抱き止めた。

風は熄《や》まなかった。武士の行動を笑うように強まった。

武士はびくともしなかったが、地面が支え切れなかった。二人を乗せたまま崩れた土塊《つちくれ》から武士は鮮やかな跳躍を見せて、流れに着地してのけた。微塵《みじん》の崩れもない。

少年は山岡頭巾にかじりついていた。この頭巾は通常鼻と口をのぞかせるが、武士は鼻の半《なか》ばまでを覆っていた。

風が熄《や》んだ。

3

あっという声は武士のものであった。

その肩のあたりで、凄まじい悲鳴が上がった。抱かれた子が狂ったように身をのけぞらせている。逃げようとしているのだ。悲鳴は伝播《でんぱ》した。子供たちであった。狂気も伝ったかのように、思い思いの方に走り出す。道へ上がろうと足を滑らせ、水を蹴立てて逃走し、恐怖の中心から逃がれようとあがく姿は、地獄の鬼に追われる三途《さんず》の川の幼児そのものであった。

鬼は何もしなかった。子供の手が外した頭巾を戻し、地を蹴っただけである。薄衣《うすぎぬ》のように舞い上がった体は、音ひとつたてず路上に下り立ってから、重さを備えた。

子供たちの声を聞いてか、道の上に村人たちの姿が現れはじめていた。

武士は抱いた子供を道端《みちばた》の草の上に横たえた。小さな身体は引きつけを起こし、白眼《しろめ》を剥いていた。

「済まぬ」

頭巾の口元から悲痛な呻《うめ》きが落ちた。彼は懐《ふところ》から紺色の布袋を取り出し、口元を閉じた紐《ひも》をゆるめて、右手を入れた。山吹色《やまぶき》が陽光を染めた。小判を一枚少年の頭の横に置いてから、武士は立ち上がり、村人とは反対側の方へ歩き出した。

男の子がひとり、ようやく道へ上がったところへ、親らしい女が走り寄った。

「どうしただ？　何か出たのか？」

「出た」

男の子の歯が、がちがちと鳴った。人らしい言葉が出て来たのが不思議だった。

「化物《ばけもん》だ。あれ、あれだ。化物だ」

少年の指さす先で、羽織袴の武士の背が遠くなっていった。

どおん、と鳴った。武士の身体がゆれた。身を低くして走り出した。

それを確認してから、みな川向うの樫《かし》や杉を密集させた森へ視線を移した。

木立《こだ》ちの間に狭苦しい石段が見えた。五十段ほど昇ると麻名寺《まなじ》という寺の門がある。その石段の昇り口に近い木立ちが硝煙に煙《けむ》っているのを識別出来た者はない。火縄銃《ひなわじゅう》を射ったのは、獲《と》った猪を村へ運んで来た猟師であった。大ぶりの猪は屈強《くっきょう》な彼にも荷が重く、休みなく山から下りて、石段の下を休憩所に選んだ。麻名寺は殺生《せっしょう》の赦《ゆる》しを乞うべく、彼がよく訪れる寺であった。

そこへ到る前から、川遊びの声を聞いていた。

村の入り口の方から、山岡頭巾の武士がやってくるのを見た。彼が川へ下り、その少し後で子供たちの感嘆が聞こえた。そこへ吹き下ろしが来た。

猟師は眼を細くしたが、眼を塞がれるのは免れた。

だから見えた。見てしまった。

道の下から軽々と舞い上がって来た武士を。割れた頭巾を。その下の顔を。

右肩に寝かせた猪を置き、火打ち石を取り出して、火縄に火を点《つ》ける。一発で点いたのが、熟練の熟練たる見世場《みせば》だ。山には猪も熊もいる。銃には弾丸と火薬が装填《そうてん》済みだった。撃鉄《げきてつ》を起こして構えるまでが異様にもどかしかった分、引金は滑らかに落ちた。猟師の最大の不安は、いざ獲物との遭遇の際に、水に狙われることである。急な雨、湿った火薬は容易に射撃を成立させなくする。そのために、弾丸と火薬の装填は獲物を確かめた後、射程距離内に入ってから行うのだ。山から下りるまで時間がかかったので、今回はやや不安であったが、弾丸《たま》は上手く出た。

軽い衝撃が銃口を軽く撥ね上げ、銃床を肩に食いこませた。標的はよろめいた。相対《そうたい》的な位置と角度から側頭部を狙ったが、そこへ命中したかどうかは保証し難い。

よろめいた男が、こちらに右手を振った。光るものが飛んで来た。

奇怪な男女に出会ってから二日後、本多牛兵衛は〈爛珠《かんじゅ》の宿〉で温泉を満喫していた。

浅間山に発する熱い薬湯は、この宿場を街道でも屈指《くっし》の名所に据えて、泊り客の多さでも五指に入る賑《にぎわ》いを与えた。牛兵衛のつかっている湯船は露天であった。湯煙りに月が煙っている。

あの後、吟味《ぎんみ》に訪れた代官所の役人との応接を行い、四半刻（約三十分）で引き取らせたときは、村人の全員が眼を丸くした。

「どこぞやの御大身《ごたいしん》の――」

怖る怖る尋ねる庄屋《しょうや》もはぐらかし、何とか出立したが、あの二人の件はまだ頭のどこかにくすぶっているらしく、難しい表情は、薬湯の熱でも解けなかった。

片目だけでも開いたのは、露天の出入り口から、手拭《てぬぐ》いで前を隠した若い女が入って来たからだ。他に客はない。いたら女が来たという以上の大規模などよめきが波《なみ》を生んだであろう。

それほどの身体と美貌の主であった。髪型から武家の女と知れる上に、それに留まらぬ気品を備えていた。

娘は湯舟に入ると、湯を掻き分けて牛兵衛に近づいて来た。

「先刻、土間でお目にかかった者でございます」

丁寧な物言いだが、切迫《せっぱく》している。聞く方も身構えるところだ。隻眼の男はにんまりと唇を歪めただけであった。

普通の女ならまず好色漢《こうしょくかん》めとそっぽを向くところだが、娘がそうしなかったのは、自身の事情と、けしからぬ印象を気にさせぬ豪快《ごうかい》なものが感じられたからだ。

露天につかる半刻前――夕暮れ前に旅籠《はたご》に辿り着いた牛兵衛を、背後からがっちりと抱え込んだ者がある。

数多い旅籠では、それぞれ往来《おうらい》に〈留《と》め女〉という名物を派遣《はけん》し、宿が決まっていない旅人を甘い声と、それが通じない場合は力づくで宿内へ連行する。牛兵衛を捕えたのは、とんでもなく太った女だった。

「こっちさ来《こ》」

「いや、おれは――」

「おれもへちまもねえだ。来《こ》」

強引に引きずり込まれた牛兵衛が、どこでも同じと覚悟したのか、大人しく草鞋を脱いでいると、いまのでぶがまた犠牲《ぎせい》者を捕《とら》えて来た。

旅姿だが、明らかに武家の娘であった。いきなりやられたらしく、きょとんとしているうち

に、でぶは両手をぱんぱんと打ち鳴らし、

「さて次だべ」

と腕まくりして出て行こうとするところを、帳場《ちょうば》から、

「これ、お外谷《とや》。あんまし悪気《あこぎ》な真似をすってねえぞ」

と声がかかった。良心的な番頭《ばんとう》がいる、というより、あまりなやり方にお縄が気になったのだろう。

「ん——？」

とでぶがふり向き、ふん、という面で出て行こうとした刹那《せつな》、

「無礼者」

真正面から鋭い老人の叱咤《しった》が走って、頭部をごんと一撃。でぶは土間へ大の字になってしまった。

「ほお」

と牛兵衛が唸った。彼の目にも手練れの一撃と映ったのである。

「この豚女《とんじょ》め」

吐き捨てて先ほどの武家の娘の下へ走り寄ったのは、髪に白いものがはっきりと見える初老の武士であった。

豚女とは、心がけの悪い女、くらいの罵倒《ばとう》だが、この場合見てくれも掛けてある。意図的だとすれば、この武士は頭の切れも良いに違いない。

「お怪我《けが》はございませんか？」

心底案じている響きであった。

娘は笑って、大事《だいじ》ないと応じた。むしろ愉《たの》し

んでいる風もある。

「うちの者が大変なご無礼をいたしました」

帳場から、まだ若さの残っている番頭が駆けつけ、土間に坐わりこむと深々と頭を下げた。

「よいよい。気にしてはおらぬ。面白い女子《おなご》であった」

土間でまだ大の字になっている留め女を見る顔は無邪気というほど優しかった。

「お志保《しほ》さま――他にも旅籠はございます」

と初老の武士が厳しい声で言った。

「このような無礼な宿は捨ておきまして、何処か別の――」

「良いではありませぬか、爺」

と娘は愉しそうに内部を見廻し、

「これも何かの縁――私は気に入りました。ここに泊まるとしましょう」

「ですが」

ここで牛兵衛は、女中に案内されて二階へと上がり、主従とはそれきりになった。

それがいま、手拭い一枚で裸身《らしん》を守りながら、それを気にした風もなく、娘が訴えかけてくる。

自分に気がついてはいたのだろうが、さして気に止めた風もないと見なしていた牛兵衛には、ひどく意外だった。

「確かに見かけたが、これほど大胆だとは思わなんだ」

牛兵衛の言葉に、娘はちらと首から下の裸身に眼をやったが、それだけのことで、

「お目にかかったときから、頼りになる方だと思っておりました。何卒《なにとぞ》、私どもをお助け下さ

いませ」

「助ける？」

娘はうなずいた。

「はい。私どもは近江から江戸へと向かう途中なのですが、追われておる身でございます」

湯の香りが月へと昇りたてる中で、娘はこう語った。名前は土間で聞いた志保。

連れの爺こと米倉清四郎《よねくらきよしろう》と近江を発《た》ったのは、十二日前である。女の足にしては早い。旅籠にも止まらず、或《ある》いは泊ってもすぐには発たなかった。追手をやり過すためである。

「幸い、昨日まで追いつかれはしませんでしたが、尾《つ》けられている感じが、どうしても途切れないのです」

らしい姿を見たことは一度もない。ただ、追われているという感覚が途絶《とだ》えたこともなかった。

追手は、志保の父・椿名多聞《はるなたもん》が大目付役を務める遠丈寺藩の下士《かし》及び牢人《ろうにん》であった。

第二章　邪宗の創造物

1

牛兵衛は首を傾げた。

「遠丈寺藩《えんじょうじ》といえば諸代の中堅五万四千石《ごく》。その大目付の娘御《むすめご》が何故藩士に追われるのか？」

「お助け下さいますか？」

志保は身体を寄せて来た。

決死──というか思い詰めた声であり表情だ。そこに揺曳《ようえい》する媚びを、牛兵衛が感じたかどうか。

「助けるも何も、こうわからぬことだらけでは、な。そもそも、おぬし、何故、おれを見込んだのだ？」

「ですから、信頼できる御方と──」

「見込んだ理由がわからん。お互い宿の土間で見かけた──それだけだ。おぬしのような女御がこのような姿で救いを求める理由にはならぬよ」

隻眼が底光り、そこから吹きつけてくる冷風に打たれたかのように、志保は後じさった。

一度伏せ、ふたたび上げた眼は、決意の色があった。

「隻眼の剣客が、諸方《しょほう》を旅して剣の道に精進しておられる。外へ眼を向け、耳をそば立てている藩ならば、何処でも存じておることでございます。その御方の名が、天下のお留め武道の師範にして、将軍家指南役・柳生但馬守家距《やぎゅうたじまのかみむねのり》様の嫡男《ちゃくなん》――十兵衛《じゅうべえ》様であることも」

牛兵衛は無言であった。

志保は続けた。

「土間であなた様のお姿を見かけたとき、天の助けと神仏に祈りたい気持でございました。今の私どもに、これほど頼りになる道連れは他にございませぬ。何卒、江戸までご同道《どうどう》下さいませ」

「済まぬが、それは相ならぬ」

あまり済まなさそうでもない返事が出た。

志保の声音《こわね》が変わった。老婆のような嗄《しゃが》れ声で、

「――何故でございます?」

「方角が逆だ。おれはここから奈良井《ならい》、下諏訪《しもすわ》と抜けて、塩尻《しおじり》峠を越える。江戸とは当分おさらばだな」

「そのような」

「江戸にいても詰まらぬから武者修行の旅に出て参った。今更戻らぬなあ」

「私たちは命懸けでございます」

「他の者を探すがいい。何なら、明日いちにち、役に立ちそうな腕利きを選別してやろう。だが、そこまでだ」

「明日いちにち」

と志保の声は歯がみをして、思ったより早く、

「いたしかたありません。では、そのいちにちに天命を賭けることにいたします」

「済まぬがそうせい」

本多牛兵衛こと柳生十兵衛は、湯煙の中で眼

を閉じた。遠い小音は千曲川《ちくま》の瀬音《せおと》であろう。

湯から立ち上がる気配があった。遠去かって行く。志保という名の娘が諦めたかどうかはわからないが、十兵衛はもう興味のかけらもなさそうに、夜の音を聞いていた。

少しして湯殿の屋根の上に影が生じた。茅葺《かやぶき》の屋根板を踏み、風のように通りの方角へと吹き抜けて消えた。


翌朝、朝餉《あさげ》を済ませてすぐ、十兵衛は宿を出た。

いつ雨が降ってもおかしくない曇り空が町と街道を煩《わずら》わせていた。こんな日に旅路を急がねばならない者は、不幸としか言いようがなかった。

一刻（二時間）ほど遅れて、もう二人、不幸なカップルが現れ、十兵衛とは反対の方角へ道を取った。

どちらも宿で購《あがな》った蓑笠《みのかさ》をつけ、宿の傘を水煙にくすぶらせながら街道を急いでいたが、宿場を出て十分とたたぬうちに、背後から追って来た足音が三つ、その横を通り抜けて、前方へ廻った。

後ろにも三人いる。

全員、羽織を脱いで襷《たすき》掛け股立ちの壮漢《そうかん》であった。二人と同じ笠を被ってはいるが、すでにずぶ濡れだ。手にした白刃に雨が煙った。

道の片方は畑、もう片方は深い森である。

「こんな日によくも旅立ってくれたな」

前方の壮漢たちの中でも、ひときわ貫禄《かんろく》のある大男が前へ出た。苦笑を隠さず、

「――お陰でびしょ濡れだ」

「わざわざおいでにならなくてもよろしいのに、尾立《おだち》様」――応じたのは志保である。こちらは服の上に合羽を着《つ》けていた。

「みなさまも姓名は存じ上げませぬが、見知ったお顔――お見逃し下さいませぬか?」

「主命《しゅめい》でな」

尾立と呼ばれた武士が一刀を抜いた。彼だけは鞘に収めたままだったのである。

「ごもっとも」

志保は懐剣《かいけん》の柄袋《つかぶくろ》を外し、柄に手をかけた。

老人が、庇《かば》うように前へ出た。こちらは青眼に構えている。

「米倉清四郎――柳葉《やなぎば》道場の三羽烏《さんばがらす》のおひとり。だが、三十年も前の名だ」

「参れ」

と老人は言った。六人を前にして、怖れる風は微塵もない。

「お嬢さま、爺から離れてはなりませぬぞ」

「承知。後ろはお任せなされ」

雨が勢いを増した。全員のくるぶしを泥はねが埋めていく。

前後から二人ずつ走り寄って来た。

上段からふり下ろされたのは、雨のしずくも両断するような豪剣であった。

難なくどちらも弾き返すや、老人はふり向きもせず、右手を後方へ振った。

志保に迫っていたひとりが顔を半分割られて

のけぞった。雨が赤く染まった。斬りかかろうとした四人目が悲鳴を上げた。のけぞった朋輩《ほうばい》の刃が右の肘を削り取ったのである。のけぞった武士の胸もとへ志保が低くとび込んだ。

普通より長い——一尺（三〇センチ）もの懐剣であった。一撃で心臓を貫いた。並の武士では不可能な技であった。

声もなく倒れる男の耳には、反対から上がった二つの苦鳴も届かなかった。

攻撃を撥ね返された二人の肩を、米倉老人の剣が斬り割ったのである。地面はたらふく血を吸った。

「これは……」

呆然と呻く尾立を見据え、

「三人が斃れ、ひとりが負傷、後はふたりだが——逃げはすまいなあ」

米倉が鋭い眼差しを投げた。

「生憎《あいにく》ですな」

尾立が下げた剣を八双《はっそう》に構えた。

「次はそちらがひとりになる。こちらは曲がりなりにも三人」

「ふむ」

米倉の左手が、予想外の動きを見せた。またもそちらを見ずに、後方へふられたのである。

それは柄に仕込まれた小柄《こづか》であったが、まるで五寸釘のような速さと飛距離と貫通力を見せたのである。

肘を割られたひとりが喉を押さえてよろめいた。小柄の先はうなじまで抜けていた。

一度、回転してから膝をつき、男は前のめりに倒れた。

「念のため——二人と二人」

老人の笑みは尾立に向けられていた。

「我が流派に手裏剣術《しゅりけん》があったことは知っておろう。師より最後に学んだ者がわしよ」

地が泥を撥ねた。

突進してくる尾立を、米倉はやや腰を落として迎えた。

無雑作《むぞうさ》な横殴りの刃は力まかせの一刀と見えた。嚙《か》み合わせた瞬間、その力と——尾立本人が消えた。反射的に地を蹴ろうとした米倉の下腹を、灼熱《しゃくねつ》の痛覚が突き通った。

なおも片手で青眼を維持しながら、負傷個所《かしょ》を見た米倉の眼が驚きに見開かれた。そこから生えた脇差しは彼の差料《さしりょう》ではないか。

片膝をついた眼の前で、立ち上がった尾立の巨躯《きょく》が雨を弾いた。

片手送りの一撃はまやかしであった。捨て剣と言ってもいい。米倉がそれを迎え撃った刹那に尾立は仰向けに倒れ、米倉の脇差を抜き取るや、下腹部へ叩きこんだのである。

「貴公が道場へ来なくなってから二十余年——我々も新しい技を学び申した。敵の得物を奪って体を利する——〝郭公《ほととぎす》〟の技でござる」

「爺」

志保が駆け寄って、その肩を抱いた。

懐刀は後方の敵を向いているが、敵は動かない。見事な髭をたくわえた中年の武士であった。

「戸上《とがみ》殿——貴公の出番を奪って相《あい》すまぬが、

決着はつき申した。雨の中を御苦労、暫時《ざんじ》お待ち下され」

勝ち誇る尾立の声に、男は会釈《えしゃく》をしたように見えたが、気のせいだったかも知れぬ。

大きく息を吸いこんだ尾立の胸郭《きょうかく》がふくれた。

四、五歩の距離を彼は一気に詰めた。

「でやあああ」

初めて放った絶叫にふさわしい上段からの一撃は志保を狙い——米倉老人が突きのけたと見るや、彼の右頭部から左鎖骨《さこつ》まで斬り割ってのけた。

米倉がのばした右手は空を切り、凄まじい姿の老人は横倒しになったが、彼もあることを成し遂げていたらしい。

尾立の絶叫は終わらなかった。

彼は右眼を押さえて棒立ちになった。指の間から突き出ているのは、銀蒔絵《ぎんまきえ》の簪《かんざし》であった。

志保が髪に手をやり——事情を呑み込むや、遮るもののない尾立の胸もとへとび込んだ。

懐剣は背へ抜けた。

「おの……れ」

尾立が大刀をふり下ろした。跳びのいた志保の鼻先を流れて、刃は持ち主ごと地に落ちた。

志保は素早く尾立に駆け寄ると、大刀を拾った拳を思いきり三度踏みつけた。骨が砕けた。

大刀を蹴とばしてから、志保は懐剣を掴んだ。生きている間は肉が締まって抜けなかったものが、死体からは簡単だった。

まず米倉老人を見、それから戸上へ視線を飛ばした。

雨を弾く武士は、眼が合うや柄に手をかけた。

2

「助太刀《すけだち》の報酬《ほうしゅう》も貰っておる。雇い主が死んだからと、お主らを見過ごす訳には参らぬ」

「非道《ひどう》は彼らに――藩にございます」

志保は夢中で叫んだ。肉体も精神も疲労の極みにある。初めて成し遂げた殺戮《さつりく》のせいであった。

「ただ――見ただけでございます。藩が成そうとしたおぞましい試みを」

嗄れ声を両者が吸い込んだ。

戸上が歩き出した。

眼が懐剣を構えた志保を冷たく映している。

あと十歩というところで、戸上は足を止めて、ふり返った。

道の向こうから、黒い水煙《すいえん》が泥をはねながら近づいて来る。

ぐんぐん形を整えるその脚力に、志保は希望と――感嘆した。

戸上から五間ほど置いて、水煙は人の形を取った。足を止め――前屈みから背すじをのばしたのである。

「本多様」

志保が呻いて上体を崩した。左手を突いて身を支えた。

「本多牛兵衛と申す。その女性と老人にやや関わりのある者でござる。と言っても、一夜、同じ宿に泊ったというだけだが」

戸上が薄く笑った。最後の言い草がおかしかったのだ。彼は訊いた。

「――で、助勢《じょせい》をする、と？」

「左様」

牛兵衛はまだ柄に手をかけてもいない。

「その隻眼」

と戸上が言った。

「その走りぶり。その立《た》ち様《ざま》――本多牛兵衛――いいや、正しく柳生但馬守が嫡男、十兵衛三厳殿」

志保より先に、米倉老人が閉じかけていた両眼を見開いた。

十兵衛は黙然《もくぜん》と戸上を見つめている。

「拙者は戸上城助《じょうすけ》と申す。柳生流の真髄《しんずい》――余《よ》人《じん》を交えず、いずれ」

戸上は後じさり、三人がまとめて視界に入る位置まで来ると、ようやく刀身を収めた。

「いずれ」

繰り返して、足早に街道の先へと歩き出した。

その姿が雨の中に消えるまで待って、牛兵衛＝十兵衛は志保たちに近づいた。

「本多様――いいえ、柳生様――戻って来て下すったのですか？」

懐剣を収める志保を見もせず、十兵衛は米倉老人の傷を調べ、懐中《かいちゅう》から取り出した手拭いを当てがった。

「それがしが先に反対の方角へ向かったのは、彼らを油断させるためでござった。しかし、厄《やっ》介《かい》な奴が追って来た。忍びです」

「――忍びが？」

「恐らく、こ奴らの一員でしょう。あれがいる限り、あなた方はどこへも逃がれられぬ。とりあえず足は止めさせたが」

「お断りになったのですか？」

「片足を深く。いかに手練れでも、十日は動けまい。それよりも――」

じっと米倉老人を見つめる視線には悲痛な色があった。

「よくもこれだけの討手《うちて》を」

十兵衛は励ますように言った。

「初めて会うたときから、武に長《ちょう》ずる御仁《ごじん》とお見受けした。昨日のうちに、一手なりともご指南を受けておくべきでござった」

「そのような」

米倉老人が呻いた。苦しげな声の代わりに血の気を失った顔は笑みを浮かべていた。

「過分《かぶん》なるお言葉を将軍家お留め流のご嫡男より頂戴《ちょうだい》いたし――米倉清四郎、満ち足りた思いで旅立てますぞ」

ふう、とその表情が消えた。

「爺!!」

志保の叫びが、かろうじて老人の意識をこちらへ呼び戻した。

すでに膜がかかったような瞳が、十兵衛を見て、

「剣豪として……椿名家の用人として……お願いがござる。これなる志保様を……何卒……武州三多摩の……我が倅《せがれ》の……下《もと》……まで」

震える手が片膝ついた十兵衛の手の方へのび

て来た。

「何……卒……」

「承知仕《つかまつ》った」

十兵衛はうなずいた。同時に、腕は地を叩き、米倉老人は全身の力を抜いた。その顔を見下ろして、

「藩士ではござらなんだか」

と十兵衛は言った。

「私が生まれる十五年ほど前、町道場から、その腕前ゆえに召し抱えられた者でございます。もとは江戸から流れて来て、これも剣技に魅せられた町道場の主人《あるじ》が師範代に迎え入れたとか。爺のお蔭で私はここまでやって来れました」

雨音に嗚咽《おえつ》が混じった。

雨に煙る影がふたつ、江戸の方へと幻のようにゆらぎはじめたのは、それから大分経ってからであった。すでに血の海さえ雨に流れた路上には、死骸のひとつも見当たらなかった。


降りがひどいため、二人は一里ほど離れた百姓屋の納屋《なや》を借りて休むことにした。

戦いと守り主を失った衝撃が、気丈な懐剣の遣い手の精神を病《や》ませているのである。百姓夫婦の女房の衣裳を借りて人ごこちをつけると、志保は藁束《わらたば》の上に頽れてしまった。

「死骸《しがい》はみな森へ運んだ。簡単には見つかるまいが、熄んだらすぐ発たねばならぬぞ」

十兵衛は戸口の近くに坐わり込み、土壁にもたれた。愛刀三池典太《みいけてんた》は鍔から上を膝に乗せ、

後は横に地面に寝かせてある。不意討ちに最も早く抜き打てる戦闘用の配置であった。

半刻ほどで志保は起き上がり、

「御無礼申し上げました」

と詫びた。

「何の」

十兵衛は眼を閉じたまま応じた。

「じきにここを借りた百姓の女房が握り飯など届けてくれるであろう。良い宿とは言えぬが、雨が熄むまでの宿りには適当でござるよ」

百姓夫婦には一年分の収入にも当たる金子を渡して、二人のことは口外するなと言ってある。裏切られることはあるまい。

志保は少し沈黙した。

「聞いて頂けましょうか？」

と切り出したのは、数秒の後である。

「伺おう」

十兵衛にとっても興味津々、また知らねばならぬことであろう。

志保は面貌《めんぼう》にためらいを散らした。

「ひとつだけお願いがございます。卑怯《ひきょう》なふるまいと思われましょうが、私が武州三多摩に着くまで、お話しする内容は構えて、他言無用《たごんむよう》に願います」

「無論」

「あの宿で柳生様にお目にかかるふた月ばかり前――八月二十四日のことでございました」

忌わしげな表情が美貌に翼を広げた。

志保が口にした夏の日の数カ月前から、城下の村に奇怪な噂があった。

何か得体の知れぬものが城下をうろついているというのである。

　そのうち藩庁に具体的な目撃例が届きはじめた。

　それによれば、明らかに人間の姿をしていながら、身長十尺（三メートル）近く、吠えかかる野犬をあっという間に掴み殺し、その場で頭から貪り食ってしまったという。大分前から、城下の野良犬、野犬《のいぬ》が少なくなったと噂にはなっていたのである。

　不気味でも志保には遠い世界の出来事であった。武家町にもの静かな佇《ただずま》いを見せる屋敷の中で、日常は変化なく過ぎていった。あの晩までは。

　その夜、目付役を務めていた父の下へ、徒目付《かちめつけ》のひとりが訪れた。夕餉《ゆうげ》のすぐ後であり、家人も志保もまだ起きていた。

　徒目付はすぐに父の居室《きょしつ》に通され、奥の座敷にいた志保にも只《ただ》ならぬ雰囲気が感じられた。

　四刻半（約三十分）にも遠いうちに、父が部屋を訪れ、

「すぐに旅支度《たびじたく》を整えて家を出よ。米倉が同道する。行先も心得ておる」

と告げた。

　あまりの言葉に、いつも従順な娘は、

「何事でございます？」

　と尋ねたが、すぐにせい、と強制され、その狂相《きょうそう》ともいうべき表情に、怖れをなして、夜のうちに旅立った。

　米倉老人に訊くと、行き先は彼の倅が住む武

州三多摩という。

「なぜこんな旅立ちを？」

この最も肝心な問いに、米倉が答えたのは、翌日、山中の道の途中であった。

屋敷を出てすぐ、米倉に路地へと引きずり込まれた志保の前を、黒頭巾に顔を隠し襷をかけた武士団が、屋敷の方へ駆け抜けて行ったのである。土を踏む足音が、いつまでも志保の耳に残った。

あの武士たちは何者か？　父上はどうなったのか？　何度目かの問いに、

「もはや生きてはおらぬかと」

と米倉は答えた。

「あの晩、我らが目にした者たちは、藩の刺客《しかく》でございます。お父上様も覚悟は決めておられたはず」

沈鬱《ちんうつ》な表情の中に眼ばかりが炯炯とかがやいていた。

絶望と悲しみに崩れ落ちそうになる精神《こころ》を鼓吹しながら、

「何故、そのような？」

「お父上様は以前より、城中での怪事に気づいていらっしゃいました」

それは、異国の医師の指導の下に、死者の身体を繋ぎ合わせて新しい生者を造り出す作業であると、米倉は言った。

「お父上様は、徒目付の沢田とともに、その現場を見てしまわれたのです――そう伺いました」

「そのようなことが出来るのですか？」

この問いを発したとき、志保はまだ半信半疑であった。耶蘇《やそ》教ならば、神の御技《みわざ》だ。そんな大破倫《だいはりん》は神が許されぬというところだが、この国では技術論のレベルである。八百万《やおよろず》の神は何処にでもいるからだ。

「それがしには何とも。ですが、沢田とお父上様は確かに見たと申しました。城の西にある糧食《りょうしょく》蔵に、何体もの亡骸が運び込まれ、それらを武士たちが切断、異国の医師が針と糸で縫い合わせた、と」

「異国の医師――」

　志保は少し間を置いて、

「ですが、それだけでは」

と言った。

「いかなる技によるものかは確かめることが出来なかった、と申されました。医師が、全員に退去を命じたのです」

「全員？――そんな汚らわしい場にいるのは誰なのです？」

　ひたむきな眼差しに老人は眼を伏せ、ややあって、

「今のこの苦行も納得されるかも知れませぬな」

と言った。

　まず主君・妙義守瑞山《みょうぎのかみずいざん》の名が挙げられたときの志保の驚きと絶望は、城代家老《じょうだいがろう》・宮武摩季《みやたけまき》、勘定方首座《しゅざ》・小森彦兵衛《こもりひこべえ》らの名を重ねられて深まるばかりであった。

「一刻（約二時間）、彼らは蔵の外で待ち、お父上様たちもその眼の届かぬ木函《きばこ》の陰で待ちました。それから扉が開いて先ほどの医師が現れ、戻れと身ぶりだけで告げたのでございます。お

父上様ははっきりと爺に申されました」

――甦った死者を見た、と。

大目付《おおめつけ》たる父も、この恐怖と驚きに耐えることは出来なかった。彼はよろめき、激しい足音をたてた。素早く逃げ出したが、追ってくる気配があった。

「その際に姿を見られたのかも知れませせぬ」

と米倉は言った。


ここまで話し終えた志保を雨音が包んだ。その精神《こころ》の崩壊を食い止めようとする天の慰めと聞こえた。

「甦った死者か」

十兵衛は首すじを何度も叩いた。

「いや、新たな命を与えられた死骸、というべきであろうな。だが――信じられぬことだ」

「やはり」

志保は足下の黒土を見下ろした。

「正直、話してくれた爺も私も、いまだに信じることが出来ずにおります。この世に左様なことが――」

「ある」

「え？」

「――かも知れぬ。我らの知る天地の理《ことわり》など、真《まこと》の理に比べれば、虫ケラの知識に等しいと、拙者は思っておる。この世には、あり得ぬことなどないのでござるよ」

志保は、しげしげと将軍家指南役の総帥を見つめた。現将軍の稽古の相手は老齢の但馬守宗矩からこの長男に譲ったと聞いた覚えが、うっすらとある。また、これがとんでもない男で、将軍様を容赦なく打ち据え、お役御免の処置を受けたとも耳にしたが、いくら何でもと一笑に付し、それきりになってしまった。しかし、この壮漢ならやりかねないと、今ははっきり思う。

それが彼女が十兵衛を見つめる理由であった。

夢物語でしかあり得ぬ桁外れの怪異を、この世にある、と断言する狂信者は多いだろうし、志保も何人か知ってはいるが、彼のように飄々《ひょうひょう》と語る男は初めて見た。

――どのような運命も、この方は縦容《しょうよう》と受け入れてしまうのではないか

そう思った途端《とたん》、安堵が胸中に膨れ上がった。

より奇矯《ききょう》な運命を背負った者が、この世にはいるのではないか。そう納得できたのだった。

3

それから五日をかけて、十兵衛と志保は目的地に辿り着いた。

米倉清四郎老人の息子は仙之助《せんのすけ》といい、早々に武士を捨て、三多摩の大地主・宮地家の娘と祝言《しゅうげん》をあげて、主人に収まっていた。地主の家には女子しかいなかったのである。彼は義妹《いもうと》たちを嫁がせるべく奮戦《ふんせん》して成功を収め、家族からその絶大な信頼を受けていた。

事情を話すと、

「あの父が生命《いのち》を賭して守ろうとした方です。次は私がお守りいたします。大舟に乗ったおつもりでいて下さい」

静かに言い放つその姿は、確かに米倉老人を彷彿とさせるものがあった。

「幸い、お奉行《ぶぎょう》ともお付き合いを願っておりまして、必要なときは、いつでもお役人の手配をしていただける仲でございます。ご安堵下さいませ」

「よろしくお願いする」

志保を置いて十兵衛は翌日、宮地家を辞去した。

足はもと来た道を辿った。

志保の話が本当ならば、彼女の藩ではある意味、天に唾する行為を行為を藩主の名の下に行っているのだった。人間《ひと》を造る？　誰がそのような驚天動地《きょうてんどうち》を城主の下へ持ち込んだものか？　医師のような人物がいたと、米倉老人は志保に洩らした。しかも、異人という。そいつだとして、藩主がそれを受け入れた理由がわからない。まともな心情の持ち主なら、一も二もなく拒否する夢物語だった。

夢を現実にするのは、現実になって利するものが夢のままでいるより大きいからだ。

造り出された人間は、どんな役に立つ？

十兵衛の結論はすでに出ていた。

兵士になる。

それも心臓を刀槍《とうそう》で貫かれても斃れぬ不死身の兵に。

その名も知っている。

蘭堂不乱。

同じく富士枝。

同じく覧祇。

不覧の不死身ぶりは眼《ま》の当たりにした。三兄《さんきょう》妹《だい》全員がそうだと富士枝から聞いた。

この世に生死の理に逆らう生命が三つある。しかも、うちひとりは冷酷非道な殺人者で、富士枝に言わせると、弟——覧祇だけが人間のこころを持っているという。

志保の藩主が造り出した者が、不覧と同じこころの持ち主だったとしたら？　いや、それ以前に、こころを持たぬ存在だとしたら？　それこそ、他者の意のままに操られる不死の殺人兵士が出来上がるのではないか。

深い森にはさまれた道の行手から、おびただしい人影が近づいてくる。整然たる足音が鼓膜《こまく》を震わせた。

人影が腰の帯に刀をはさみ、手に槍を持った全裸の男女に化けた。弓を持つ者もいる。誰もが血の気のない虚ろな表情に、膜のかかったような眼を嵌めこんでいた。

十兵衛は歩みを止めなかった。

道いっぱい——五列に広がった先頭へ突っこんだ。

不気味な隊列は左右を流れていく。十兵衛には眼もくれない。

十兵衛の左右を火の玉が流れた。火矢《ひや》だ。油を沁みこませた布に点火した矢は、十兵衛を囲む男女の心臓を貫き、眉間を貫いた。それでも前進は熄まなかった。左側の十六、七になる娘は両眼を射抜かれていたが、黙々と前へ進んでいく。

彼らの前方——十兵衛の背後で雄叫びが上

がった。

たちまち、整然たる列は崩壊した。具足《ぐそく》姿の兵士たちが殴り込み、刀槍をふるい出したのである。

腕が落ちた。首が飛んだ。腹部を裂かれて腸《はらわた》がこぼれた。数人が串刺しになった。

それでも彼らは進んでいく。青白い顔にも眼にも感情の色はなく、ひたすら前進を続けていく。両腕を落とされた者も、首無しも、腹の中身を失った者も。

突然、笛の音が鳴り響いた。

一変《いっぺん》、とはこれであった。

行進する者たちが、一斉に武器を構えるや、攻撃者たちに襲いかかったのだ。

攻撃者たちの頭から股間までが割られた。首がまとめてとんだ。あちこちに赤い噴水が生じた。

一分とたたぬうちに、攻撃者たちは壊滅してしまった。

一方的な虐殺――しかし、被害者は最初の虐殺者たちであり、加害者は――おお、見るがいい。割られた頭部から脳を垂れ、首はなく、腹にも胸にもおびただしい火矢が突き刺さって肉を焼いている。生々しい臭いが十兵衛の鼻を刺激した。それは戦場であった。だが、この世の何処にもあり得ない地獄の戦場だ。描こうと努めた絵師は発狂するに違いない。

茫然と立つ十兵衛の身に、また笛が鳴った。

兵士たちは無駄のない動きで列を整えると、また歩き出した。整然と、疲れた風もなく中山道の端へ——江戸に向かって。

「止まれ！」

絶叫した途端、十兵衛は我に返った。

前方——五間ほどのところで、夫婦らしい旅人が呆然とこちらを見つめている。男は笠、女は鳥追笠《とりおいがさ》——下の顔はどちらも、全裸の兵たちと等しく、朝の光の下で血の気を失っていた。

十兵衛は歩き出した。自らのこころが描き出した幻覚の悲鳴や斬響《ざんきょう》は今も耳に残っていた。

造られた兵たちは、死ぬことを忘れて、ひたすら江戸へと向かって行く。

何も見てはいない瞳に、最後映るのは、恐怖にこわばる公方の顔であろう。

徳川家光公の。

——剣筋はボンクラだが、上様《うえさま》を放ってはおけまいな
十兵衛はこう考えた。

——しかし、いくらおれでも、殺しても死なぬ輩《やから》を、どう殺すべきか？

解答を知る者は、しかし、三人いる。

——うちひとりを捕えて口を割らせるか。

こう考えて、十兵衛の顔は憂色《ゆうしょく》を濃くした。すでに戦っている。結果は、この考えがいかに安易かを示すのであった。

となると、希望はあの富士枝という娘と、彼女が口にした賢衹という弟だ。

——会えるだろうか。

駄目でも、遠丈寺藩まで行くしかない。不死身の軍団が向かうのは、江戸である。藩主の狙いは不死身の軍団による幕府の壊滅であった。

二日であの宿場に着いた。

まさか逗留しているはずもない。幸い着いたのが昼前だったので、お外谷も出て来なかった。

通過するつもりで足を早めた。

止まった。

爪先一寸の地面に、黒い鏢《びょう》が短い刃の半ばほどを露出させていた。いま投じられたものだ。

隻眼は左方に建つ旅籠の二階を見上げていた。

障子を開け放った部屋の手すりにもたれて、男が顔を向けていた。髪型は町人だが、顔立ちは戦闘のさなかに身を置いて来た精悍さを滲ませていた。

「お立ち上がりになりませんか、旦那？」

声に殺気がないのが不思議だった。

「生きておったか、忍びめが」

小さく十兵衛は洩らした。

男は宿場の反対側の門前で十兵衛と戦い、負傷して逃げた忍者であった。


湯茶を運んで来た女中が下がり、浴衣《ゆかた》に着替えるとすぐ、男が入って来た。部屋は三つ離れている。十兵衛が入ったとき、廊下に人影はなかった。

「よくわかったな」

「そこは職業《なりわい》で――左源太《さげんた》と申します」

「本多牛兵衛としておこう」

左源太はうなずいたが、視線は十兵衛に吸いついたまま、

「本多様こそ、浴衣の下に短刀一本きりで、おくつろぎとは驚きました。手前はまだ敵の勘定に入っているはずでございますからな」

十兵衛の口元を薄い笑いがかすめた。短刀を見破ったことに感心したのである。

「おれに足を斬られたにしては、親愛の情に満ちた顔をしておる。お役ご免を食らったか？」

「いいえ、あの日は結局、誰とも会わず終《じま》いでございました。後でお武家の死体が沢山森の中で見つかったと大変な騒ぎになりましたな。手前の見たところひとり残ったはずですが、その戸上様は何処へ行かれたのか、とうとう顔を会わさず終いでございました。手前は宿場の北にある廃屋《はいおく》で傷の手当てをいたしておりました。ひとりで傷が癒えるのを待つ間に、少々胸のあたりに変わった考えが芽生《めば》えはじめました」

「ほお」

十兵衛は面白そうに耳を傾けている。疑っている風もない。虚心坦懐《きょしんたんかい》とはこれだ。

左源太が話をやめ、こう訊いた。

「疑っておられませぬのか？」

「いいや、疑ってても信じてもおらぬ。嘘ならわかる。そうでなければ真ということだな」

のんびりした口調に、忍びはしげしげともとの将軍家指南役を見つめた。

「伊賀の里であなた様の噂を上忍から盗み聞いたことがございます。柳生の家の崩壊も考えず公方《くぼう》様を打ち据えた無頼《ぶらい》の徒、江戸での生活より草深い柳生の庄《しょう》を好んで、そこにも飽きると諸国漫遊《しょこくまんゆう》の旅に出る放浪者。しかしながらそれは表向きの話。真の姿は、総目付たる父君・但馬守宗矩様の命を受け、今なおこの国のあちこちに根を張る謀反人《むほんにん》どもを探り出し、必要とあらば人知れず処分する隠密《おんみつ》もかくやの御方である、と。ですが、こう眼のあたりにすると、とても信じられません」

「どうやら褒められているらしいが、おれの聞きたいのは、おぬしの心情とやらだ」

「はい。怖くなって来たのでございます」

左源太の声はひそまり、陽さえ翳ったかのように思われた。

「怖い？　何がだ？」

「忍びの手前には、今度《こたび》の一件の深いところはわかりません。ですが、旅の折り折りに、討ち手の方々より洩れ聞いた内容を継ぎ合わせますと、これは天に唾《つば》する行為ではないかと思えてなりませんでした。人間が人間をこしらえるなど許されるものではありますまい」

「全くだ」

十兵衛は相槌《あいづち》を打ったが、どこか本気ではない。

「あなた様と戦い、この足を斬られましたとき、はっきりと、この仕事から手を引こうと決心いたしました。後は忍びの勘ですが、あの女性を助けたあなた様は、またこの地をお通りになるとお待ちしていた次第でございます」

「確かに戻った」

十兵衛は、若い忍びを見つめた。

「おぬし、この一件から手を引くと言いながら、なぜ、おれを待っていた？　何処か遠い田舎で、静かに暮らしていこうとは考えなかったのか？」

「手前はそれで済みますが、世の中そうは参りません。また戦乱の巷《ちまた》があっちにもこっちにも生まれます。ご公儀に訴え出ようと思いましたが、こんな話、信じてもらえるわけがない。ここで勘に頼ることにしたのでございます。将軍家ご指南役の申すことならば、ご公儀も耳を閉ざすわけには参りませんでしょう。ですが、本日お目にかかれるまで、百年も経ったような気がいたしますよ」

「変わった忍びだな」

十兵衛の隻眼が、ある光を帯びた。

「おれはおまえの言うことをすべて信じる」

「かたじけのうございます」

「これから遠丈寺藩へ行き、事の真偽を確かめ、手を打つつもりだ。よく待っていてくれた。礼を言うぞ」

「いえ」

それきり二人とも黙った。

少しして、

「それでは――これで」

と左源太が腰を上げた。

十兵衛はうなずいたきりである。

夕餉の後、左源太のことを訊くと、宿の女中《じょちゅう》は、その人なら急ぎの用が出て来たと言って、大分前に発ちましたよ、と答えた。

第三章　黒い創造物

1

それから十日をかけて、十兵衛は遠丈寺藩五万四千石の城下へ入った。

旅の城下の高札場《こうさつば》に人だかりがしていた。

「何て書いてあるんだね?」

と野良《のら》姿の百姓が訊くと、字が読めるらしい商人風が、

「へえ、来月の初日に、お城で御前試合を催すとさ」

「御前試合てな、何だね?」

「殿さまの前で、やっとおを見せることだよ」

別の声が、

「へえ、誰がやるんだ?」

「武芸練達の士を広く募集する、だとよ。最後に残った者を高禄を持って召し抱える、今月の十五日までに花垣町《はながきちょう》の受付場へ申し込めだとさ」

「へえ、今日が二日だから、そんなに日はねえな。遠くにいるご牢人の耳に入ったときにゃ、もう終わってるぜ」

「大丈夫」

と商人は胸を張った。

「わしや他の商人《あきんど》が、これから旅先の旅籠や飯屋でしゃべくって廻るよ。飛脚だっているし、あっという間に知れ渡る」

「成程なあ」

興奮の波が高札の周囲を巡った。

徳川の世になって三十年。大名の中には今なお徳川家何するものぞの反骨《はんこつ》を誇る者たちも多く、武芸大会を開いては腕自慢を家臣に加え
――明らさまな兵士の採用である――ていた。

その意味で、今度《こたび》の御前試合も不思議ではないが、これまで経緯《いきさつ》から考え、十兵衛の隻眼に危険な光が点ったのも不思議ではなかった。

募集は流派、武術の経験を問わぬという。

近くの町人に、この高札はいつからか？　と訊くと、今日でございますと返って来た。十日もたたぬうちに、旅籠や寺は、腕自慢の武芸者、兵法者たちで立錐《りっすい》の余地もなくなるであろう。

「ふうむ」

高札場を離れてぶらつきながら、十兵衛は二つのことを考えた。

ひとつは――御前試合の意味である。腕自慢を召し抱えるのはいい。だが、この城の中での怪異な実験のことを考えると、催しの趣旨《しゅし》通りだとは素直に受け取り難い。しかも、最後のひとりだけ、となるとますますわからない。

ふたつ目は――、自分の姿をどうやって藩の役人からくらますか、だ。

戸上城助との邂逅《かいごう》によって、彼の素性は藩にばれたと見ていい。隻眼の武芸者というだけで誰何《すいか》を受け、しかるべき役所へ連行されるのは明らかだ。手を打たねばならない。それも早急に。

「ふうむ、ふうむ」

とつぶやきながら歩いていると、前方から四、五人の牢人風の男たちがやって来た。服装《いでたち》も風態《ふうてい》も荒《すさ》み切っている。かつての西軍大名の家臣か、後に改易《かいえき》された藩の下士たちであろう。

すれ違う時、十兵衛はわずかに身を寄せた。

案の定、いちばん近くの牢人が、大きく横へ出た。

鞘が触れ合って高い音を上げた。

「ご無礼」

と深編笠の縁に手を当て、行こうとしたら、

「こら待て」

と怒声がかかった。

ぶつかった牢人が、

「黙って行くつもりか？」

「ご無礼」

と一礼して、十兵衛は歩き出した。左右の通行人が不安そうに見つめている。

はたして、追って来た足音が、牢人たちに姿を変えて取り囲んだ。

「――何か？」

内心しめしめと思いながら訊くと、鞘を当てた奴が、

「貴様の挨拶《あいさつ》が気に入らぬ。それなりの筋を通さぬ限り、許さぬぞ」

「これはしたり――ご挨拶は確かに申し上げた。言いがかりはおよしなされ」

こちらは五人。相手はひとり、強行に脅しつければ、すぐに青くなる、と見込んでいたから、牢人たちは一瞬気圧《けお》され、たちまち満面に朱を見せた。

「ぬかしたな――許さぬ」

別のひとりが、

「ここは大道《だいどう》じゃ。そこに空き地がある。参れ」

「お断りいたす。話なら、他人《ひと》の眼と耳があるここでなされ」

周囲には次々に人が集まっている。

牢人たちは、人気のない場所で、なお挨拶――金――をせびるつもりでいたのに、こう切り返されてはもはや、と見たか、

「おのれ重ね重ね無礼な奴――ならばここで死ねい」

一斉に抜刀した。陽光が刀身に吸い取られる。

「待て」

と十兵衛は後じさりした――が、そこにもひとりいる。

「気を確かになされよ。拙者は斬り合いなどするつもりはござらぬ」

きょろきょろと四方を見廻し、

「おお、役人が来られた。こっち――こちらでござる」

と手を振ったものだから、五人組もまずいと見たか、舌打ちして刀身を下げた。

十兵衛は言った。

「ほお、五人にひとりでは勢いがあるが、役人が来るや腰砕けとは。実に出処進退《しゅっしょしんたい》を心得ておられる。ご牢人の身分が不思議なことで――」

とやらかしたから堪らない。

尋常な色と表情を取り戻しかけていた五つの顔が、朱を通り越したどす黒い怒気にふくれ上がった。

「きええええ」

狂気の気合というのはこれだ、とばかりに正面の二人が斬りかかってきた。

「うわ」

怒りが実力以上の速さと冴えを与えた刀身から、かろうじて身を躱《かわ》し、よろめいたところへ、右のひとりが、

「死ねえ」

上段から斬りかかってきた。

「うお」

とふり返った深編笠の縁が、ばさっと口を開け、

「うわわわわ」

十兵衛は左眼を押さえてのけぞった。

「眼を――眼をやられたあ」

大声で喚くや、なお斬りかかる刀身を、ひええ、あわわと間一髪で躱わし、笠の下の眼を押さえつつ、脱兎《だっと》のごとく逃げ出した。

「おのれ、待て」

と走り出した五人組もすぐに諦め、そこへ、

「白昼、町なかで刀を抜き放つとは――何事だ？」

十兵衛の言ったとおりに駆けつけた役人たちが、厳しく誰何した。

これは逃げられぬと見たか、リーダーらしい牢人が、

「いや、実は――」

とひととおり経緯を語り、

「ふむ、左眼を斬ったか」

役人はうなずき、こうして、新しい隻眼の主

が生まれたのであった。

騒動の輪を抜け出しても十兵衛は走り続け、城下の西の端にある古刹《こさつ》——西光寺《さいこうじ》の地所へ入った。

入ってすぐ、大刀の柄から小柄を抜き取って、左の瞼を浅く斬った。牢人の一撃を受けてはいない。血も出なかった。

「しめしめ」

と剣豪にあるまじき台詞を洩らして、寺の庫裡を訪れ、

「旅の武芸者・本多牛兵衛でござる」

と名乗って一夜の宿を乞《こ》うた。六十代と思しい住職は喜んだ。

「これはこれは。何処ぞやで御前試合の件を耳にはさんだかの。良い時に参られた。じき、同じ目的の方々で、この寺も押し合いへし合いになりそうじゃが。おぬし、碁《ご》を打つかの?」

「は。いささか」

「強いかの?」

「それなりに」

「よし、一局相手をなされ。わしに勝てば、当寺はおぬしが出て行かれるまで、おぬしの貸し切りといたそう」

「それはそれは」

破顔《はがん》して応じたが、正直、あまり自信はなかった。父の但馬守が将棋も碁もやって、よく相手を申しつけられたが、幸い下手の横好きで、難なく撃破し続け、そのうち向うが嫌になって

やめてしまった。一年半ほど前の話である。以来、盤の前に腰を下ろすこともなく過ぎたが。

多少困って、老住職を見ると、にこにこ笑っている。自信たっぷりだ。これは、すし詰め覚悟と思ったが、重々しく、

「お相手奉《たてまつ》ろう」

打ってみて驚いた。

二手三手と打つだけで、父に輪をかけた下手の横好き、しかも、やや眉を寄せながらにこにこと、

「まいったのお――ふむ、もう一番」

これもあっさり追い詰められると、

「いかんいかん――もう一番」

あんまり早く片づくものだから、たちまち十番を越し、十兵衛の方がうんざりし出した頃、ようやく、

「これにて打ち止め。本堂をひとりでお使いなされ」

と立ち上がってくれた。

「それでは、ついでに風呂などお借りしてもよろしいか？」

「ふむ。ここのところ寺男《てらおとこ》が狐に憑かれ、熱を出したとかで伏せっておる。――町から来たのなら途中に小さな百姓家があったであろう。そこで借りるがよい。二人ともわしと同い歳の夫婦がよく旅の者を泊めておる。頼んでおこう」

「かたじけない」

十兵衛は礼を言って本堂へ向かった。

布団の用意などはない。寺男の件もあるから、これから出てくるのも期待はできない。

十兵衛は板の間に仰向けに横たわった。

全身の力を抜いて筋肉をゆるめ、鼻孔《びこう》からゆっくりと目一杯空気を吸いこんで、全身に行き渡らせるイメージを抱く。限界まで吸いこむと、一気に口から吐く。澱《よど》んだものを爪先から脳内に到るまで吐出《としゅつ》するイメージだ。

もとは柳生の太祖《たいそ》・石舟斎宗厳《せきしゅうさいむねよし》が奈良に出たとき、たまたま遭遇した黒い異国人から学んだものだという。この術百難万波《ひゃくなんばんぱ》を避ける、と石舟斎よりその長男・厳勝《よしかつ》、さらに長男・利厳《としよし》へと伝えられた密法であったが、石舟斎は将軍家指南役として推挙《すいきょ》した五男・宗矩にもこれを教授した。柳生流は、後に尾張《おわり》と江戸とに分派するが、本来、尾張柳生の開祖・利厳とその末裔たちに伝えられるべきこの呼吸法を、いま十兵衛は駆使《くし》しているのであった。

「吸いこむ実体は空気であるが、体内を巡る実質はより大きな気――宇宙と呼ぶべきものじゃ」

と宗矩は、太祖・石舟斎から聞かされたという。

「息を吸うとき、宇宙に漲《みなぎ》るより大きな力を意識せよ。わからずともよい、人間《ひと》の考えの遠く及ばぬ大きな力を感じるのじゃ。それを千日万日と繰り返せば、やり方を誤らぬ限り、万物への理解が行き渡り、生と死の意識も明らかになろう」

父・但馬守宗矩を媒介《ばいかい》して伝えられる祖父の言葉の意味を、十兵衛が十全に理解していたわけではない。奔放不覊《ほんぽうふは》と称されるこの現実的なる剣士と、謎めいた祖父の伝えをつなぐものは、凄惨苛烈なる修行の日々に、たびたび知覚し、感覚し、意識せざるを得なかった途方もなく巨大な何かであった。
——これが、祖父《じじ》殿の言われる〝宇宙〟か
知覚するたびに自問を重ね、ついに解答を求めるのもやめて今日まで来たが、実体としての呼吸法は怠りなく続けているのだった。
半刻ほどして、十兵衛は立った。脇差のみを手に寺を出て、住職から聞いた百姓家を訪ねた。

2

「話は聞いとります」

と百姓の女房は、歯の欠けた土臭い笑顔を十兵衛に向けた。

「もう湯は沸いとるで、ゆっくりお浸《つか》りなされ」

「かたじけない。ところで亭主殿の肌着など売ってもらえると助かるが」

「へえ、出しときますだ」

風呂を出たときは、夕暮れの空が広がっていた。

洗った下着を手に戻ると、六畳ひと間の真ん中に、亭主が正座して、

「よくいらっしゃいました」

と平伏した。

「いや、風呂を借りた。お蔭で良い気分だ」

「あの——夕餉はどうなさいますか？」

「ん？」

言われた途端に十兵衛は空腹を覚えた。城下へ入るまで四刻も歩き詰めであった。飯はその

前に茶店《ちゃみせ》で湯漬けを胃に収めただけだ。

その様子を上目遣いで見ていた百姓が、

「それで――あの、よろしければ――握り飯などご用意できますけんど」

恐る恐るという感じで切り出した。

「左様か。では、頼みたい。礼はするぞ」

十兵衛は素直に喜んだ。飯を食う金は十分あるが、これから町へ向かうのは面倒だ。先に食事を済ませておくべきであった。

百姓は、しかし、また平伏して、

「そのお、その代わりと言っては何ですけんど――」

「何だ？」

幾つかの可能性が十兵衛の脳裡《のうり》を去来したが、正解はどれとも違っていた。


「よろしければ、ひとつ――お相手を？」

「相手――何のだ？」

剣術か、とふと思った。百姓の中にも武術に憧れ、流れ者の牢人たちに教えを乞う連中もいれば、牢人がその土地に落ち着き、道場を開く場合もある。

また違った。

百姓は立ち上がり、部屋の隅から、平板の台に木箱を二つ乗せて戻り、二人の間に置いたのである。

ぴんと来た。

「おい、まさか？」

百姓はまた平伏し、

「和尚《おしょう》様に教わったものでごぜえます。やってみると面白えの何の。もう近所にゃあ、勝てる者がおりません。へい、お待ち申し上げておりました」

ちら、と十兵衛を見上げ、眼が合った途端に伏せる。

あの住職の弟子か。十兵衛は呆っ気に取られた。

「ひとつ訊かせろ――おぬし、ご住持《じゅうじ》とどちらが強い」

「そらあもう」

「ご住持か」

「へへえ」

と這いつくばった。

ならば、と十兵衛は考えた。

あの住職より弱いなら、勝つのは造作《ぞうさ》もない。

「よかろう」

「へ？」

百姓は顔を上げた。満面喜びと興奮が詰まっている。

「相手をしてやろう。その代わり――」

「へい」

「握り飯は三つ。味噌《みそ》汁と漬物も頼む」

「へいへい」

「それと――毎晩風呂を用意して貰いたい」

「そらもう、お易い御用で」

「ならば良し――ただし、一局に限るぞ」

「へへえ。ありがたいこと」

盤は厚札に刃物で筋を入れ、十九×十九の枡《ます》目に区切ったものだが、碁石は何と本物であった。和尚が譲ってくれたという。

十兵衛は裸身の上に小袖を羽織った山賊《さんぞく》みた

いな姿で盤前《ばんぜん》に胡座をかいた。

「ほんでは、先に打たせていただきます」

と百姓は頭を下げてから、おずおずと、

「あのお――お武家様も何かお賭けになりませんか？」

「おれもか？　何故だ？」

「でねえと、本気になってもらえねえかなと、思案いたしました」

和尚の薫陶か、難しい言葉を知っておるな、と十兵衛は感心した。

何にせよ、勝つとわかっている以上、手っ取り早く済ませることだ。

「よろしい。おれはこの脇差を賭けよう」

三池典太光世の柄を叩いた。大刀ともども同じ鍛冶の手による逸品だ。

「とんでもねえ、お武家様のお宝を。それよりは――」

「それよりは？」

「銭の方がよろしいかと」

おかしなことを言うなと思ったが、百姓の価値観からすれば確かに、いつ何どきトラブルの元にならぬとも限らない刀剣よりも、四方丸く収まる金銭の方が安心に決まっている。

「わかった。望みは幾らだ？」

「へ、まず二百文かと」

「二百文？」

大きく出たな、と思う。ひょっとしたら最初からこれが目当てかと疑ったものの、どちらにせよ負ける気遣いは万にひとつもない。

「よかろう。十回分だ」

財布から放られた一貫文——紐を通した千枚一文銭を、百姓は手に取ると額に押し当てて、女房もろとも、へええと拝んだものである。

十兵衛は苦笑し、

「では——行け」

「へえ」

先手の百姓が、ぱちりと黒い石を置いた。

半刻後——

十兵衛は憮然《ぶぜん》たる口調で、

「もう一局」

と告げた。

二刻とたたぬうちに、一貫文は丸々百姓のものとなり、女房が押しいただいて箪笥に収めたのである。

どのような攻め方をしても、百姓の守りは固く、攻めは鋭かった。

「たばかりおったな」

と睨みつけても、

「とんでもねえ」

へへえと平伏するから、十兵衛もそれきり何も言えなくなってしまう。

さらに半刻。失った銭は二貫文に達していた。

もうこれで、と言い出した百姓へ、十兵衛はもう一局、五百文じゃと吊り上げた。

「こら、大変な長者でいらっしゃる、へへえ」

もはや十兵衛は、この夫婦が善良な百姓だなどとは考えていなかった。

——俺は鴨《かも》だったのか

と看破《かんぱ》しても仕方がない。さっさとやめれば傷口はそれ以上広がらないのだが、敗北者のプライドという蜘蛛の巣にひっかかってしまったのである。

　十兵衛の身体は冷え切っていたが、その隻眼は充血し、全身の毛穴からは、蒸気と化した殺気がもうもうと立ち昇っていた。

　そのせいか、百姓の口もとに浮かぶ薄笑いに、柳生十兵衛ともあろう者が気づかない。

　十兵衛が十数手目を叩きつけようとしたとき、

「右から九線目、上から八線目に打ちな」

　耳の中でそう響いた。

　反射的に左横に置いた脇差に手をのばしかけて、すぐやめた。奇怪な声は女のものであり、悪意が感じられない上、聞き覚えがあったからだ。

　小気味《こぎみ》良い打ち音に何かを感じたのか、百姓がはっと十兵衛を見て、次を打った。はじめて不安気な一手であった。

「次は左から六線目。下から五線目に」

　ぴしりと打った石は、自信に満ちていた。


　いつの間にか、女房が囲炉裏に火を入れ、粗木をくべて、盤上の石はそれが頼りの小舟のように動いた。

　十兵衛が二貫文と三個の握り飯と衣類とを手に入れた頃、時刻は暮《く》れ六《む》ツ（十八時）を廻っていた。

　絶望のあまりか貧血を起こして横たわった百姓と、あんたしっかりと撫でさする女房のかたわらに、

「飯代だ」

十兵衛は〈一《ひと》さし〉を置いた。

九六枚の一文銭を紐でつないだものである。

紐代を含めて百文――約千円で通用する。

「へへえ」

と女房が押しいただいた。悪気はないらしい。

現実に十兵衛は負けていたのだ。五十両を取られても文句の言える筋でもなく、しかも百姓はイカサマをしかけたわけではない。百姓の誘いに乗る方が悪いのだから、非は全て彼にある。道義的に百文で帳消しになるはずもないが、握り飯三個の値段としては十分過ぎるから、十兵衛としては奮発《ふんぱつ》したわけで、これで罪悪感も相殺という心算《こころづもり》であったかも知れない。

百姓の家に提灯などという代物はないから、素手で外へ出た。星と月のみの闇夜だが、十兵衛にはそれだけの光で十分であった。闘争は時《と》刻《き》を選ばず。修行には暗殺の斬り合いも含まれているし、百姓の家の中は闇夜に等しかった。

寺の本堂に戻ると、板の間に横になって、

「出て参れ」

と言った。

「もう出ておる」

声は背後からした。

それも光ひとつない闇の中に、確かにほおと浮き上がった影がある。

「私とわかったか？」

「富士枝と言ったな。兄と巡り会えたのか？」

「否じゃ。だが、何とかここまで足取りを辿って来れた。まさか、百姓家へ入っていくおまえを見つけるとは思わなんだ」

「兄は何処にいる？」

「それは知らぬ」

「御前試合があるそうだ。知っていたとは思えぬが、匂いでも嗅ぎつけたか。おまえの一族ならやりそうなことだ」

女——富士枝は小さく笑って、

「おまえには貸しが出来た。わかっていような？」

「確かに」

「では、兄者の捜索を手伝え。見つけた時点で、貸しは無しとなる」

「よかろう」

十兵衛は快諾《かいだく》した。

遠丈寺藩の人体創造を探るのに時間はかかるだろうし、その場合、富士枝のような女がいれば便利この上ない。それに彼女の兄が偶然にせよこの地を訪れたことに、十兵衛は人間《ひと》の理《ことわり》を越えた運命のようなものを感じていた。

「よかろう。全ては明日じゃ」

と富士枝の影は言った。

「眠るがよい。私も眠る」

「飯は食ったか？」

沈黙が落ちた。

「借りを幾分かなりと返そう」

十兵衛は握り飯をひとつ後方へ放った。

受け取った気配はないが、床へ落ちた音はしなかった。

「これもだ」

水の入った竹筒を放った。これも空中で消えた。

「おまえは食わんのか？」

「いいや」

十兵衛は残る二つのうちのひとつを手に取った。麦と稗《ひえ》をこねたものである。米の味もしたが混っているとは言い難い量であった。

それでも十分胃には溜まった。

「ほれ」

三つ目を放ると、すぐ、

「まだあるのか？」

「最後のひとつだ」

「なぜ、私に？」

「その食いっぷりでは、足りんと思ってな」

「……」

「嘘だよ。おぬしは見事に気配を消しておる。ちとからかってみたのよ」

「本当か？」

「本当だ」

「本当だな？」

「疑い深い女だなあ。一生そうやって他人を疑って生きるつもりか？」

「そうせいと父上に言われた」

「父上？　そうか、親がいるのか」

十兵衛は軽い驚きを感じた。それはいつまでも胸の中に、小さなしこりのように残った。

「その父上はどうした？」

「死んだ。上の兄に殺されたのじゃ。兄が外へ出ようとするのを止めたためだろう」

「そこだ。何故、出してはならぬのだ」

「沢山の死人が出るからじゃ」

にべもない答えは、それが数でも数えるような全くの無感動であることで、十兵衛を戦慄《せんりつ》させた。

3

「訊きたいことがある」

十兵衛は何げない風に言った。現実に落ち着きを取り戻していた。

「何だ？」

「おまえたちの父母は、この藩と関わりがあるのか？」

「わからぬ。あると聞いたことはない。物ごころついたときから、私たちは山の中で生きていた。父はときどき山を降りて、色々なものを持ち帰ったが、私たちは山を降りぬようきつく言われていた」

「家はここから遠いのか？」

「歩いて二十と一日じゃ。鈴鹿《すずか》という土地であった」

十兵衛は話にのみ聞く、雪深い山脈《やまなみ》と里を思った。

三名の超人たちは、そこで育てられたのだ。里人は山中では生きられぬ。苛酷な自然は彼らにふさわしいものだったのかも知れない。

「なぜ、山を降りた？」

「我らも人間《ひと》だからじゃ」

と富士枝は答えた。

「木や鳥や獣とは別のものが見たい、村や町というところに行ってもみたい。山の中から遠く煙を上げる家並みや、まれに山中をやって来る者たちを見るたびにその思いは強くなっていった。一度、都から来たという男と女が我が家で一夜の宿《やどり》をした。私は彼らの――特に女が着ている衣《ころも》に見惚《ほ》れた。ああ、山の青葉に紅葉を散らしたような。あのような美しいものを人がまとえるとは考えもせなんだ。私が山の外へ、人《ひ》間《と》の住む里を恋い焦がれるようになったのは、あのときからじゃ」

「兄と弟もだな」

「恐らくは」

うなずく気配があった。胸中に何かを抱き、それに思いを巡らせているように思えた。

「ひとりは、いまこの地におる。いまひとりは？」

「我らを追っているであろう。いずれ、相まみえる。そのとき――誰にも見せたくはない光景が展開するのは間違いない。本多牛兵衛であったか――我らは何のために生まれたのじゃ？」

女の声に悲哀《ひあい》の翳《かげ》が宿った。記憶にある女の顔にはふさわしからぬように十兵衛には思えた。

「弟は兄を斃すべく旅を続け、恐らく目的を果たすであろう。いや、返り討ちに遭うかも知れぬ。そして、生き残った方は、私を斬るに相違《そうい》ない」

「何故だ？」

「同じものが生きていては邪魔になるからじゃ。鈴鹿の山中で暮らしていたとき、私たちは互いをわかり合っておれた。だが、下界で他の連中と交わってみれば、兄も弟も根絶しなければならぬ悪疾のように思われてきたのじゃ。我々はこの世に合わぬ。だから、処分する。兄も弟もそう思っておるじゃろう」

「おまえもそうするつもりか？」

「さて、な」

富士枝は、これまでの情感が嘘のような屈託《くったく》のない笑顔になって、

「前々も言った。兄妹の中で人間らしいこころを持っているのは、弟だけだとな。だが、この世で最も怖れられ、呪われ、蔑《さげす》まれるのは、彼であろう」

ひどく悲痛な思いが十兵衛を捉えた。三人の兄妹の抱えた悲劇は、その次男が最も強く抱いているような気がした。

「山を降り、ここへ来るまで、私は子供連れの夫婦者を幾組も見た。女は夫にとって妻、子供は母と呼ぶ——そう父から聞いた。私たちに母はおらぬのか」

「……」

富士枝は小さく強く息を吐いて、

「おらぬ——とわかっておる。それでも、訊いてみたくなるのじゃ。兄たちも同じかも知れぬ」

わずかな沈黙が降りた。ひどく重い沈黙であった。理由はすぐに知れた。

「牛兵衛よ、私は母になれるのか？」

「……」

これほどの困惑を十兵衛は感じたことがなかった。女は答えを求めていた。彼女にそれを与えてやれるのは十兵衛しかいなかった。そし

て、十兵衛には絶対に不可能なことであった。

沈黙は夜のあいだ続くかと思われた。断ち切ったのは、質問者であった。

「よい」ときっぱりと告げてから、

「ところで、牛兵衛、私は今夜の宿がない。野に眠るのも飽きた。おぬしと一緒にここで眠ろうと思うが、どうじゃ？」

「おれと一緒にか？」

「そうじゃ。そなたの隣りが良い」

「隣りは困るが、本堂は広い。好きにせい。ただ、住職殿に見つかると面倒だぞ」

「安堵せい。気づかれる前に消えるとも」

「ならば良し」

十兵衛も鷹揚《おうよう》なものである。

中秋の上州《ちゅうしゅうじょうしゅう》だ。火の気のない寺の本堂は、広いだけに寒さが身に沁みる。

燭台に点した蠟燭を消そうともせず、十兵衛はごろりと板の間に身を横たえた。富士枝には労《いた》わりの声もかけぬ。かける必要もない女性と考えていたのかも知れない。


気配が眠りから意識を弾きとばした。

背後に誰かが滲り寄って十兵衛を見つめている。富士枝であろう。

息が荒い。

情欲の吐息であった。

十兵衛の肩に手が触れた。小刻《こきざ》みな震えが伝わって来た。

——男ははじめてか？

痛切な声が甦った。

母になれるのか？

答えてやれそうな気がした。

手が離れた。

低い呻きが闇を渡った。

苦鳴だった。

こらえている。闘っている。

肉の痛みではなく、ずっと深いこころの闇から湧き上がる痛みと。

負けてはならぬぞ、と声をかけてやりたかったが、十兵衛は沈黙していた。

気配が離れた。

本堂の戸口の方へと流れ、そこで消えた。


このところ、城下の安全は脅かされっ放しであった。

殺人鬼の横行である。

半年ほど前から、夜な夜な犠牲者が生じる。

これまで名乗り出た四名の目撃者によれば、下手人は身長七尺近い大男で、肘と膝から下が剥き出しなった寸足らずの着流し姿であるという。

初期の目撃者二名は素手であったといい、後期の二人は一刀を差していたと——その言葉通り、殺人鬼が跳梁《ちょうりょう》しだした頃の犠牲者は、凄まじい力で八つ裂きにされていたが、三カ月後の死骸は文字通り幾つかにぶった斬られていたのである。それも精巧変幻《せいこうへんげん》なる技の結果ではない。正しく力まかせに叩きつけられた刃によって、肉は裂かれ骨は砕かれるという塩梅《あんばい》の酸鼻《さんび》さに、検屍《けんし》に当たった役人たちも顔をそむけたという。

　半年で二十件を超える凶行となれば、下手人の塑像《そぞう》も朧《おぼろ》げながら掴めてくる。

　まず、巨躯にふさわしい背丈の主で、殺人への飽くなき嗜好《しこう》を胸中に飼っている男――さらに、殺人法から判じられる粗暴さだけではなく、一度に次の犯行現場は正反対の方角を選ぶという知力も兼ね備えている。

　ただし、身分性別に差はつけず、最初の犠牲者は城勤めの武士三名であったし、次の三人は夜廻りの老人と駆けつけた大工たちであった。ひとりきりの夜鷹《よたか》が襲われたのは、二カ月目の新月の晩である。

　町役の訴えに応じて、三件目の犯行後から、奉行所は夜間、四人ひと組の見廻りを出していたが、これと殺人鬼退治を策す腕自慢の武士や牢人たちがぶつかり、騒動に及ぶこともたびたびであった。生命知らずたちの徘徊が熄んだのは、ひと月と十日ばかり前に、彼らのうち四人が、これも一撃の下に破壊され、奉行の名で役人以外の者たちの――武士も含めて――深更の外出を禁ずる旨の高札が立てられてからである。

　にもかかわらず、今夜も二人の腕自慢が、酒の力を借りて、夜の巷に殺人鬼の姿を求めて徘徊中であった。

　ひとりは城中で五指に入る遣い手の壮漢で、もうひとりも年齢《とし》は若いが十指に数えられる。流派は藩の指南流・新当派《しんとう》であった。

　若者の門前で待ち合わせた二人が、町家の並ぶ千軒町《せんげんちょう》へ出て、天神《てんじん》の森の方へと向かったのは、五ツ半（二十一時頃）である。九件目の殺人は、城を中心にしてこの森と正反対の空き地で行われた。それからふた月――昼なお亭々《ていてい》たる巨木が天光《てんこう》を遮る暗い道を想起するたびに、そろそろかと思い立ち、そうなると、己の力量に対する信頼と名誉心が抑え切れず、ついに大小を腰に落としこんだものであった。

ひとつの死体が散らばる現場の凄惨さは話に聞いていたが、現実に目にしたわけではない。想像内の無惨さは、彼らの自尊心をくすぐり、昂《たかぶ》らせ、ついに火を点けた。かくして――

深い森とはいえ、小道は何本も走っている。

二人はそこをしばらく進めば「夜鷹堤」へ出る道を選んだ。

二十数年前の城主が鷹狩りを行った一万坪を超す平野は、灌漑《かんがい》用の溝が掘られ、いまは「姫羅《ひめら》川」が流れている。町に近い方の堤は夜鷹がたつために、この名がついたという。

若者が手にした提灯の光に星の光も加わって、二人には周囲の光景がぼんやりとだが、足もとに不安を感じぬくらいには見えていた。

前方に黒い低壁のような堤が見えてきた。傾斜がついている。その彼方から水音が堤を越えてきた。

二人の前に、のっそりと長身の影がたちはだかったのである。

「何者だ？」

提灯の手をのばして誰何する若侍の声は、すでに殺気があった。役人以外まともな者がうろつく刻限ではない。

「そちらこそ何者だ？」

こう返した人影も、すでに柄へ手をかけている。

「その声は――？」

と若侍の背後の壮漢が構えをゆるめて、

「そちらも――」

「杉宗《すぎむね》道場の紫住殿ではござらぬか？　それがしは――」

「おお。見えますぞ。徒目付・三木沼《みきむね》殿と水無瀬《みなせ》殿。これは、とんだところで」

和《なご》やかな空気が三人を取り囲んだ。

三木沼は若い相棒へ、

「それがしが通う杉宗道場の師範代を務めておられる紫住左治馬殿だ。これなるは、書院番《しょいんばん》・沢《さわ》丈九郎《じょうくろう》――若いが遣い手でござってな」

みなまで言わせず紫住左治馬は察した。

「やはり、辻斬《つじき》り捜しでござるかな？　いや、拙者このあたりを小半刻もうろつきましたが、野良犬二匹と出会ったきり。そろそろ帰宅と考えておりました」

「左様で」

と三木沼は納得の表情になって、

「せっかく参った場所です。堤を上がってから帰りましょう。昼は釣り公望を自称する連中が集まると聞きますが、こちらはぼうずで終わりそうです」

紫住は短く笑って、

「では――夜分お気をつけて」

「そちらこそ」

頭を下げ合って、別れた。二人の来た道を提灯もなしで去っていく長身は、すぐに闇に呑まれ。

「さてと」

三木沼が堤の方を向き直り、沢も歩き出そうとしたそのとき――

背後から凄まじい悲鳴が吹きつけてきた。

「紫住殿か――まさか」

道場での彼の剛剣《ごうけん》を思い浮かべながら、三木沼は鯉口《こいくち》を切って走り出した。提灯を手に、沢も後に続く。

五間（約九メートル）も進まぬうちに、路上に伏した紫住と、それを見下ろすさらに長身の人影が視界に入った。右手に一刀を下げた着流《きなが》しだ。

総毛《そうけ》だった。紫住は呻き声も呼吸音もない。身じろぎも絶えている。即死だった。当然だ。死体は胸のあたりで両断されていた。

紫住の実力からすれば、不意打ちとしてもあり得ない結果だった。

第四章　妖物誕生記

1

「何者だ？」

沢が訊いた。はっきりと怯えがある。

提灯の光は届かない。相手は微動だにせず二人を見つめている。

少しの殺気も感じられないことが、三木沼の気力冷え冷えとさせていた。

――こやつ、人斬りを愉しんでおるのか？

否、何も感じることなく、斬り続けておるのか？

「沢――退いておれ」

こう告げて、羽織を脱いだ。小袖はすでに襷をかけて、腿立ちも取っている。沢も同様だ。

眼を前方の男に据えて、三木沼は一刀を抜いた。

「おぬしのような人斬りに名乗る名前は持ち合わせぬが、冥土《めいど》の土産に聞いておけ。新当流・三木沼東洋治《とよじ》だ」

同じく、と沢丈九郎も名乗って抜きつれた。

「名乗れ」

と三木沼が命じた。

敵は身長もあるが、異様に崩れた感じの男であった。理由はすぐにわかった。手足の釣り合いが取れていないのだ。

左腕は尋常の長さだが、右腕は手首の先分長く、全身が左へ傾いているのは、そちら側の足が六、七寸短いのであった。顔もひどく長く大きい。普通を超えるサイズなのだから、顔など馬並みでなく、馬だ。つぎはぎだらけという言葉があるが、この男は手足も胴も、他人の物を持ち寄ってつなぎ合わせたような印象であった。

——何者だ、こいつ？

今までとは異なる強烈な三木沼の疑問は、男を人間《ひと》と見ていないことを表していた。

「沢——油断するな」

「はっ」

若者は提灯を地面に下した。火は消えぬ。視界は十分だ。

三木沼は刀身を上段——右斜めに上げた。同時に敵も右手のみで一刀をふりかぶった。

新当流——剣豪の祖と言われるかの塚原卜伝が廻国《かいこく》の際に伝えたという豪放なる剣流は、敵の胸もとへ跳び込みざまに中段へと変化して、その左胴へ食い込んだ。

思い切り右へと回転しつつ、敵の脇腹を斬り割る手応えを十分に感じたその瞬間、頭上へふり下ろされた敵の一刀——火花が散った。

三木沼は受けたのである。だが、刀身は砕け、抵抗ゼロで頭蓋に食い込んだ鋼は、一気に股間まで断ち割っていた。

二つになった朋輩に、沢丈九郎は恐怖よりも怒りをたぎらせた。

大きく腰を沈めた敵が立ち上がるより早く、彼は猛然と地を蹴った。

三木沼の攻撃が無効なのはわかっている。剣士の本能は斬らずに突くことを選んだ。

大波が打ち寄せるかのように胸元まで踏み込んだひと突きは、敵の心臓ばかりでなく、抜けた背後の空気さえ剛体《ごうたい》を貫く感覚を与える凄まじさであった。

刀身はそのまま、沢は大きく後方へ跳びずさった。敵が刀身をふり下ろすのを見たからだ。

ぐおん、と鼻元をかすめる強さもスピードも爆風のものであった。

数メートル離れて彼は敵に背を向けた。逃げると決めたのだ。

その胸を刃が貫通したのは、背後の影たちに気づく寸前であった。

声もなくのけぞり、すぐ前へのめった身体から刀身は引き抜かれた。

影たちは生身の武士であった。

殺人鬼はよろめきつつ、彼らの方へと進んで来た。

ひとりが前へ出て、右手を上げた。袋を握っている。不可思議な香りは、前の犠牲者が見つかったときにはもう散っていたものである。

大男の足が止まった。

路上に打ち捨てられた刀身が硬い音を立てた。

胸に刀身を嵌め込んだまま、巨人は立ちすくんだ。

その口から言いようのない呻きが洩れた。

怒っているのか。

哀しんでいるのか。

憎んでいるのか。

両腕が武士の方へのびた。

「動くな」

恐怖に身をこわばらせて、武士は低く命じた。

巨体は凍結した。

「ようやく捕まえたぞ。もう少しで我ら切腹《せっぷく》を申しつかるところであった。さ、早急に城へと戻るのじゃ」

手の袋――匂い袋をひとふりして、右方の森の中へと歩き出す、巨漢はぎくしゃくと後を追いはじめた。

「死体を忘れるな」

と武士が命じた。残った武士たちは、用意してきた布袋に、三体分の肉塊《にくかい》を放りこんだところであった。血まみれの手でそれを背負い、彼らは歩き出した。

巨漢を操る武士が、彼らの方をふり返ってつぶやいた。

「よい品が手に入った。しかし、まだまだ足りぬな。その意味では、こ奴を我らの眼の届くところで人斬りをさせるのが、最善やも知れぬ」

「緑を食む武士が罰当たりなことを」

それは一党の者の声ではなかった。彼らは四方を眺め、右方――小さな神社の前に立つ人影に気がついて提灯を向け、刀に手をかけて、

「何者だ？」

口々に訊いた。

「あやつの縁者」

と応じたのは深編笠の武士であった。

「あやつ？」

武士たちは顔を見合わせ、愕然となった。深

編笠の顔は去りつつある巨漢を追っていた。

「縁者だと？」

「どういう意味だ？」

返事の代わりに、深編笠は左手を鼻口の横に上げて、ほら貝のような音を立てた。巨漢の足が止まった。

そして、あろうことか、深編笠の方へ向かって歩き出したのだ。犬飼の声に呼ばれた猟犬のごとく。

「まさか……」

「貴様──何者だ？」

月光に白刃《はくじん》が短い軌跡を描いた。

抜き放たれた刃《やいば》を見ようともせず、深編笠は一刀を抜いた。

巨漢の足が止まった。彼もまた抜き合わせるのを見て、武士たちがどよめいた。年配のひとりが、

「いかん。人が来たらまずい。そ奴を斬れ！」

声もなく殺到した武士たちの数は五名。月光の下に骨と肉を断つ音が噴き上がった。

倒れたのは武士たちであった。どのような神技か、全員が右手首を切り落とされるとは。

「城詰めの侍が、死体をさらしては後で厄介になろう」

武士たちに向けた深編笠の声は笑いを含んでいた。それが、氷のように変わって、

「安らぎの冥土《めいど》から、また憂き現世《うつしよ》へ引き戻されるとは不憫な奴。誰とは知らぬが、もう一度逝《ゆ》くがいい」

巨漢の両眼に炎が燃えた。見た者が発狂しか

ねぬ憎しみの色と熱とがこもっていた。

また生き返らせよって。

代わりに貴様を送ってくれる
長刀を上段真っ向にふりかぶって、巨漢は地を蹴った。その刀がふり下ろされる前に、叩きつけられる風圧で相手は吹きとぶと思われた。

ぐおん、と風が鳴った。

残りの武士たちは見た。

空中に立つ深編笠を。跳躍の結果だと気づく前に、深編笠の右手が横に白光を引いた。

そこに巨漢の頭があった——否、無い!?

鮮やかに断たれた頭は、血の噴水を推進力に虚空めざして舞い上がっていた。

呆然と立つ武士たちが悲鳴を上げて跳びのいた。首無しの巨人が、よろめきよろめき彼らに近づき、血を撒きつつ斬り込んで来たのだ。

「わわっ!!」

「逃げろ!」

叫びつつ、使命を全うせんとする責任感はあるものか、それぞれ一刀を構えるその前で、巨漢は倒れ伏した。地響きを血風が運び去った。

巨漢はなおも痙攣していたが、すぐに動かなくなった。

「運べるか?」

一刀を納めた深編笠が訊いた。応じる者はない。彼は失った手首から先を掴んで呻く武士たちを見廻し、

「それでは無理だろう。首を捜して参れ。胴はそれがしが運んでやる」

と勝ち誇った声で命じた。

無事な武士たちが顔を見合わせながらも首の消えたと思しい方角へ走り出すと同時に、神社前の小路の向こうから人の声と足音が続いた。

「これはいかん。首捜しは続けて、後は退散しよう。さ、案内せい」

彼が巨大な死骸に近づき、片腕を首に巻くや、軽々と担ぎ上げたとき、武士たちは、またも立ちすくんだ。


翌日、武士三名殺害の報は、早朝に城の西櫓《にしやぐら》から遠からぬ林の中で彼らを見つけた夜廻りの老人によって、昼までには城下一帯に広まった。

寺を出た十兵衛がふたたび訪れたとき、殺伐たる空気が町全体を包んでいた。

商人の多い棚架町《たなか》では、武具屋へ町家の手代と丁稚らしい連中が並び、槍や刀を賄っていくかと思えば、羽織袴の武士と下人がやって来て、どうやら昔売却したらしい鎧櫃《よろいびつ》等を買い戻していく。研屋《とぎ》など牢人や武士が列を成し、順番を巡って諍《いさか》いや口論が絶えぬ様子であった。武士とは俸禄《ほうろく》を食んでいる侍の意であるから、主家を失った牢人は、町人に分類される。江戸で武士の罪科《ざいか》を咎《とが》めるのは評定所なのに対し、牢人が町人の裁きを行う町奉行所扱いになるのは、このためだ。

十兵衛の足は、棚架町から北の武家屋敷が並ぶ明水町《みょうずい》へと入った。

住職から聞いてきた「中条真流・睦《むつみ》光雲」の看板を掲げた建物は、そこに五百坪を超す威容《いよう》を誇っていた。

いまだに武術は侍のものであり、武術の稽古場は、武士の町に限定されていた。それも藩経営のものが多い。この時代、剣術はいまだ剣の道を学ぶものではなく、道場とは呼ばれていなかった。

奇怪な蘇生実験に関わりがあるとも思えなかったが、十兵衛は玄関前で頼もうと声をかけ、現れた門人に見学を申し出た。

技は盗まれる。自流の技が、目撃した他流派に取り入れられてしまうのを止めることは、まず出来ない。

そのため、道場の殆どは見学者を容《い》れようとはしないのが常識だ。

門人は少しお待ちあれと言い置いて引っ込み、すぐに戻って来て、

「お上がりなされ」

ぶっきら棒に言った。破格《はかく》の待遇である。

真っすぐ道場に通された。門弟は八人ほどいた。みな非番の武士であった。

師範代らしい巨漢がかける声に合わせて、型の稽古が行われていた。竹刀の時代ではない。木刀を使って本気で打ち合えば、骨折どころか死人まで出かねない。練習はもっぱら型の反覆《はんぷく》となる。

「お連れしました」

と門人が師範代に一礼し、十兵衛も頭を下げた。

「諸国廻行《かいこう》中の修行者です。本多牛兵衛と申す」

「中条真流・睦光雲先生の師範代・軍済東輝《とうき》――当稽古場は見学の後、一手所望《いってしょもう》が定法《じょうほう》となって

おる。よろしいか？」

やはり、という思いが十兵衛にはあった。見学だけで他流の武芸者を帰すなど気前が良すぎる。最後の一手で致命的な打撃を与えれば、流派の秘技は洩れずに済むのだ。見学良しは、生かしては帰さぬと同意義語なのであった。

「無論」

と応じた。

軍済は無表情にうなずいたきりである。三方の板壁に吊った刀掛けに眼をやり、

「好きなものを取られい。すでに勝負は開始されておる」

と言った。

「かたじけない」

十兵衛は稽古場の隅を通って刀掛けまで行き、隻眼に光を宿らせたが、

「これにてお相手仕《つかまつ》る」

左手の三池典太を持ち上げて見せた。

「よかろう」

思ってもいない返事が返って来た。鞘ごと打ち合うと理解はしたのだろうが、この師範代は何者だ。

それから四半刻、型の稽古が続いた。休みはない。十兵衛の眼から見ても苛烈な反覆であり、嘔吐しかけた二人ばかりが口を押さえながら退出し、ひとりが昏倒《こんとう》した。他の連中も正座がやっとという状態であった。

「膝を崩せ」

と軍済が命じるや、やっとばかりに全員が崩壊し、胡座をかいた。息も絶え絶えだ。

「お気が済まれたか？」

軍済が訊いた。

「いかにも」

「では、お相手願おうか」

静かな声が渡ると、死にかけていた全員の背骨に芯棒《しんぼう》が通った。

緊張が物理的な衝撃を伴って十兵衛の頬を叩いた。

十兵衛は進み出た。

ともに蹲踞《そんきょ》の姿勢から、ゆっくりと立ち上がり、青眼に構えた。

ケレンのかけらもない構えに、十兵衛は唸った。彼にしても成した覚えのない完璧な青眼と知れた。

――つまり、人にあらず、か。この城下に集う連中は、化物揃いと見える。

口もとに浮かんだ苦笑は自然のものであった。

音もなく軍済が切りかかって来た。

中段の突きから右上段に変じての袈裟《けさ》、思い切り下げて、下段よりの腰への一撃――その速さと鋭さに十兵衛は舌を巻いた。何処かで攻撃に転じる他に、打つ手はなかった。だが、軍済の攻撃には一点の乱れもない。彼は攻め、十兵衛は受け続けた。

どよめきが渡った。

師範代への讃嘆《さんたん》ではない。十兵衛への驚きだ。軍済の攻撃全てを躱わし受ける人間を、彼らは初めて見たのだった。

追い詰められたように見えながら、十兵衛の身体は弧を描いていた。その足が痺れつつあった。軍済の攻撃の重さである。

反撃の術《すべ》はひとつあった。ただし可能かどうか十兵衛にもわからない。

破砕音《はさい》が上がった。

おお!?　というどよめきがふくれ上がる。

十兵衛の鞘が砕けたのだ。同時に軍済の木刀が切りとばされるのを人々は見た。切尖から五寸――それが奇跡に近い偶然か、十兵衛の手錬によるものかはわからない。

だが、それを埋め合わせようと踏み込んだ軍済の喉元に、鋼の切尖が突きつけられるのも、彼らは目撃した。そして、ぼんのくぼまで抜けるのも。

時間《とき》が止まったような数瞬であった。軍済がよろめき、世界は動きと音とを取り戻した。血が床に赤い地図を広げていく。

「卑怯者!!」

「真剣を使ったな!」

声より早く、門弟たちは立ち上がっている。木刀を構える者、別室へ刀を取りに行く者――。どの顔も怒りに燃え、微妙な一瞬への判断――十兵衛が突いたのか、軍済が踏み込み過ぎたのか――疑念を塗りつぶしてしまった。

十兵衛は構えを解いて、もう一度青眼を取った。このとき、門弟たちが揃ってかかれば、死ぬのはどちらであったろうか。

「待て!」

それを止めた声がある。

全員がふり返って、今まで人影のなかった見台の場に立つ白髪白髭の人物を見た。

「先生！」

「光雲《こううん》先生！」

こちらも静かに彼の方を向いた十兵衛へ、

「今のは貴公《きこう》の剣が鋭すぎた。軍済の踏み込みが深すぎた。当然至極の結果でござる。それがしは、当稽古場の主――睦光雲と申す」

2

十兵衛は稽古場とつながっている睦光雲の私《し》邸《てい》に招かれた。

奥の間で、家人に茶を運ばせてから、

「軍済をどうご覧になったか？」

と光雲は切り出した。剣のことではない。当人をどう見たかと訊いている。何かを秘めたような口調でもあった。

「正直、敗れても悔いのない遣い手でござった」

わざとはぐらかしてみた。光雲はやや眉を寄せただけで、納得したようにうなずいてみせた。

「稽古場はここだけではござらぬ。あと三軒――どれも藩の息がかかっておるが、お顔を出してみられるが良い。拒みはせぬはずじゃ」

「師範代は、すべて軍済様のような？」

踏み込んだつもりであった。光雲はわずかに視線を逸らせて、

「左様。そして、どれも私が藩より任されておる」

「それは」

十兵衛は遠慮なく、ほお、という表情を作っ

た。

藩の命によって、三つの稽古場を経営するとなると、光雲は十分に信頼のおける藩側の人間だということになる。

それが、師範代をどう判断するかと訊いた。十兵衛と同じ意見を抱いていると打ち明けたようなものである。

「本日これより、残る二つの稽古場を訪問して参る。その後に貴殿《きでん》ともう一度、顔を合わせたく存ずる」

「気をつけて行かれよ。特に神崎町にある稽古場の師範代は手強い相手でござるぞ」

「その名は？」

「熊外弥五郎《くまがいやごろう》と申す」

「片じけない。あとひとつお願いの儀《ぎ》がござる」

「何なりと」

「刀身を包む布と、木刀を一本拝借《はいしゃく》したい」


残る二つの稽古場を訪問する前に、十兵衛は徒歩二十分ほどのところにある武具屋を訪れ、三池典太に合う鞘を捜した。幸いすぐに黒鞘が見つかり、

「その木刀は——こちらでお預かりしましょうか？」

と武具屋は訊いたが、そのまま帯刀《たいとう》することにした。

「これも縁でな」

最初の道場は徒歩で四半刻ほどの介添町にあり、師範代は田向進右衛門《たむかいしんえもん》と名乗った。

先の軍済東輝と年齢は十歳は上、身体つきも壁のような男であったが、十兵衛に与える感じは良く似ていた。

最初から試合を申し込むと、

「よろしい」

と稽古場へ通された。

三人ほどいた門弟を帰し、田向は十兵衛と対峙した。

二度打ち合って十兵衛が一歩下がったときである。

異様な気合を上げつつ突きが出た。

——下がれば躱わせる

そう考える余裕があった。

しかし、不意に伸びて来た。

左胸を強烈な衝撃が貫き、すぐに消えた。

十兵衛は後方へ跳んでいた。その速度が刃の突きを浅くとどめたのである。田向は木刀を右手のみに託し、柄の下ぎりぎりを持って、突いて出たのであった。

着地すると同時に、彼は田向の胸もとへ飛び込んだ。

空中でふり上げた一刀は、もろ師範代の右首すじを打って、鎖骨まで粉砕した。

田向は大きく姿勢を崩して数歩横へ走り、両膝をついた。

十兵衛の隻眼が大きく見開かれた。田向がそれきりで立ち上がったのである。だが、打ち上げようとした右手から木刀は落ちた。

それを取り上げようと再度身を屈めた頭部へ、十兵衛は一刀をふり下ろした。

頭蓋を粉砕する手ごたえを十分に感じつつ、彼は血みどろの田向がまた立ち上がってくる恐怖に捉われていた。

だが、師範代はもはや動かなかった。

――やむを得なくだ

田向が殺意を抱いていたのは、弟子たちを帰した時点でわかっていた。軍済もそうだった。見学の後で殺す。試合って殺す。

どちらにしても、彼らの技を肌で味わった者は死なねばならないのだった。

それとも――

ある考えが十兵衛を戦慄させた。死なねばならぬのは、骨を砕かれても立ち向かってくる師範代を見た者か。

無人と化した稽古場から十兵衛は退出した。後から弟子たちが騒ぎ出すだろうが、師範たる睦光雲が始末をつけてくれるはずだ。

最後の師範代・熊外弥五郎は、光雲の言葉どおりの逸材であった。

年は前の二人よりも若いが、八双に構えて対峙したその妖気――気迫ではない、殺気でもない人間《ひと》以外の気がひたひたと押し寄せて来る。

稽古場に立ったとき、十兵衛の身体は一種の金縛りに遭っていた。

――相討ち覚悟で仕掛けるしかあるまい。

十兵衛の剣先が下がった。

床まで一寸もない誘いの型である。

熊外は乗らなかった。

八双に構えたまま動かない。人間以外の待機に入ったのだ。

戦闘を支える心身には限界がある。どちらが先に耐えられなくなるか――それが勝負の分れ目であった。

妖気と殺気とが混り合う空気の中で時間《とき》だけが過ぎていった。

四刻半。

十兵衛の身体は限界に達しつつあった。刀身を下げた腕がつり、両足が震え出す。

人間に生まれつき備わった動きを人間技と呼ぶならば、武道の精妙なる技は、すべてそれを超えている。ボクシングでいえばフックは人間技だが、ストレートはそれ以外のものだ。それを駆使するための肉体には、指一本といえど時間の経過とともに凄まじい負担が襲いかかるのだ。

だが、敵もまた。中段に構えた肉体の負担は、十兵衛より苦しい。逃げるか仕掛けるか――先を取るのは彼のはずだった。

だが、彼は人間ではなかったのだ。肉体の組《そ》成《せい》は同じだが、神経電流の流れや、痛覚の許容範囲は、人間を遥かに凌駕《りょうが》する。

地獄から蘇生した死者か。鍛錬に現世の地獄を見た生者か。

見学していた門弟のひとりが、前のめりになった。残りの連中も次々に倒れていく。神経が緊張に耐えられなくなったのだ。

「てやああ」

凄絶な叫びが、どちらかの唇を割った。

肉も割れた。

十兵衛の右肩を痛打した熊外の一刀は確かに肉を弾けさせ――

しかし、熊外は身体を起こせず、床板に抱きついたのである。

下段からふり上げた十兵衛の木刀もまた、熊外の下顎を砕いて、脳まで破壊したのであった。

先生、熊外先生、と駆け寄った門弟たちの声は、何故か小さく、何処かに安堵が感じられた。

全身冷汗にまみれて立ち尽す十兵衛の方をふり返った顔が、

「貴公のことは誰にも話しませぬ」

「我らはお目にかからなかった」

「早くお行きなされ」

明らかに好意のかけ声であった。

願ってもなしと、十兵衛は従うことにした。

寺の近くまで戻ったのは空が青味を帯びた頃である。秋の風は何処までも十兵衛を追って来た。

寺の方角でざわめきが迎えた。

人影が幾つも門から出入りを繰り返している。

十兵衛は素早く朽ち果てた土掘に身を寄せ、隻眼を閉じた。全神経を聴覚に集中する。

すぐにわかった。

切れ切れの情報をつなぎ合わせると、近くで人死にが出たため、寺へと運び、葬式を取り行ってもらうつもりなのだ。今晩は通夜になる。

十兵衛が出て行ってすぐ亡くなったものだろう。

彼らの目につかぬよう離れへ戻り、彼は傷の手当に取りかかった。

幸い肉が裂けただけで、骨に異常はない。雑貨屋で買ってきたさらしを巻いておけば、今日中に塞がるだろうと思われた。

傷口に、寺の台所から拝借した焼酎《しょうちゅう》を吹きかけ、さらしで固めた。

「しかし、色々と危険だな」

こうつぶやいたのは、利《き》き腕が使えないのと、今晩あたり何かが起こりそうな気がしたせいである。

こんな田舎くんだりまで、城侍の眼が届くとは思えないが、万が一と考えた場合、可能性は無限に膨らんでいく。城の中で邪宗門の実験にふける連中は、死体を必要としているのだ。

本堂で住職の読経が終わると、茶碗を箸で叩きながらの無礼講《ぶれいこう》が始まった。

お祖母ちゃんとやらは、余程嫌われていたらしく、たちまち歌や踊りの騒ぎになった。住職もさすがに最初は、こらやめぬか、祟《たた》りがあるぞといさめていたものが、じき、歌えや踊れやの騒ぎに埋没してしまった。奥の部屋でそれを聞き、

「住持どのも踊ってござるか」

ふと見てみたい気もしたが、十兵衛は傷の治療――動かぬことに専念した。深更になった。

村人はひとり去り、ふたり去り、残りは本堂

で雑魚寝《ざこね》でもしているのか、大きなイビキが離れまで届いた。

「あれでは周りの者は眠れんであろうな」

十兵衛は感心したが、ふと、眉を寄せた。

墓地に気配が生じたのである。

それらは草を踏みつつ足音もたてずに墓地の一角へ——埋葬《まいそう》地点へと近づいて行った。

「やはり来たか」

城下からさして離れてはいないといえ、こんな田舎の葬儀まで嗅ぎつけて来たのは、凄まじい情報収集力である。村へ頻繁《ひんぱん》にやって来る商人か、或いは村人の中に探索役がいたのだ。

だとすれば——

「おれも危険だな」

十兵衛は左手で三池典太を引き寄せて腰に差した。少し考え、木刀を掴んだ。

はたして、多くの気配が残った中から二つ——離れの方に近づいて来た。

土間へ廻った。少しして、雨戸が外された。土間から十兵衛の十畳間まで三間（約五・五メートル）もない。

足音が廊下へ駆け上がった。もう隠そうとしない。

襖が開いた。とび込んで来るなり、二人はすでに抜いた一刀を八双に構えた。

十兵衛は待ち構えていた。

片膝立ちの姿勢から木刀をふった。

どちらの膝も他愛《たあい》なく砕けた。

うわっと尻餅《しりもち》を突いたところへ、容赦ない打撃が頭頂を襲った。

失神した二人を置いて、土間から外へ出た。

出て来たのが十兵衛と認めた刹那、地面を掘り返していた連中が八方へ散った——次々に抜刀する。

「何者だ？」

と墓穴《はかあな》のところに残った武士が低く尋ねた。

十兵衛の存在は知っていたが、素性まではまだらしい。

「そちらこそ、深更の墓暴《はかあば》きとはご苦労なことだ」

「斬れ」

武士が命じた。

白刃《はくじん》の包囲が急速にすぼまった。

息をひとつ吐いて右側の武士が斬りかかって来た。

十兵衛は動かず木刀をふった。

男の動きをひと目見ただけで、どの角度からどの程度の力で、どこを打てばいいかわかっていた。

ごん、と左のぼんのくぼを激打されて、彼は吹っとんだ。

あまりにもあっ気ない敗北に、残りの男たちは緊張した。

「何をしている、相手はひとりだぞ」

最初の武士が激をとばした。

「かかれ！」

月光が剣の林を光らせた。

どう見ても十兵衛は移動していなかった。ただ出鱈目《でたらめ》に木刀をふったとしか見えない。

だが、男たちはひとり残らず首を押さえ。脇腹を、鳩尾《みぞおち》を押さえてのけぞった。神技としか言いようがない。加えて彼は隻腕の腕——左腕のみだ。

「ほお」

と最初のひとりが正直に感嘆した。

「大した腕だ。修行行脚《あんぎゃ》の旅か？」

「そういうことだ」

「ここが最終目的地だ」

男は一刀を抜いた。ここまでは配下任せ——、大物の証拠だ。

その青眼を見て、十兵衛がほおと呻いた。

「田舎の剣客——怖るべし、か」

つぶやいた胸へ斬りこんで来た。

かっと受けた木刀が、吹っとんだ。

3

十兵衛は最初から木刀を捨てるつもりでいた。尋常な相手なら動揺し、それが終わりまで尾を引く。

武士は気にも止めなかった。

反転した刃が逆胴を狙ってくるのを、十兵衛は左手の大刀で受けた。嚙み合った刃の片方が片方の半ばまで食いこんだ。

——反獄《はんごく》流か
ならば納得がいく。香取《かとり》神道族の飯篠《いいざさ》長威《ちょうい》斉家直《さいいえなお》から僧妙真《そうみょうしん》に伝えられた実践刀法の極北——その打ち技にいわく〈岩砕き〉と呼ばれる秘剣であった。

だが、武士もまた呻いた。

「柳生甲《かぶと》割り」

どちらが斬ったのでも、どちらが受けたのでもない。双方だ。

だが、鍔《つば》競《ぜ》り合いともいうべき姿勢から、十兵衛は大きく一歩下がった。武士の膂力《りょりょく》は左腕一本で支え切れなかったのだ。

「それがしは、遠丈寺藩・剣術指南役＝磯貝直恒《いそがいみちつね》」

と武士が言った。実力伯仲《はくちゅう》と認めた礼であり、勝利の宣言でもあった。対して、

「柳生十兵衛三厳」

「おお!?」

驚きと歓喜と残忍が、声と表情にこもって、一瞬彼は立ちすくんだ。

○・一秒無防備と化した磯貝の身体から跳びのきざま、十兵衛はその左頭部へ三池典太を打ち込んだ。
血しぶきを避けて、また跳びのいたその身体が着地を決めたとき、磯貝道恒の身体も同時に地に伏していた。

「片田舎――怖るべし」

磯貝の脈を取り瞳孔を調べてその死を確かめてから、十兵衛はなお三池典太を収めず、曖昧な方角へ。

「出《い》でよ」

と命じた。

墓地の墓石の蔭から、黒い塊がまろび出るや、音もない俊足《しゅんそく》ぶりで、十兵衛の前に片膝をついて見せた。

「お前か」

「左源太めで」

もと遠丈寺藩の忍びは、人懐《ひとなつ》っこい笑みを示した。

「いつから、おれのことを？」

「お見かけしたのは、今日の昼で。それから尾けさせて頂きました。しかし、藩の稽古場を一日に三軒も激破して廻るとは、こら大層な腕だ。どの師範代も人間《ひと》にあらず、と評判の強者でございますぜ」

「藩へ戻ったのか？」

「はい。さすがに放ってもおけませんで。余計なものを見ちまった罰ですよ」

「墓を暴き——蘇らせる、か」

十兵衛は累々《るいるい》たる武士の失神体を眺め、半ば掘り返した墓に近づいた。

樽棺《たるひつぎ》の蓋がようやく出たところであった。

手近に転がった男たちのうちひとりを選んで活《かつ》を入れた。

寝呆けたような表情が、それと知るや、刀を捜し求め、小刀に手をかけた。

いきなり逆手に抜いた刃を男は、自らの鳩尾にぶつんと突き刺した。

真相究明に耐え切れぬと見ての自害であった。

「これは困った」

十兵衛は武士の死骸を放置し、

「蘇生させてからみな死なれては意味がない。やむを得ん、逃げ出すか」

「ちとお待ちを」

それまで、失神した連中の顔を覗き込んでいた左源太が、最後のひとりを寝かせると、少し離れたところに倒れている若侍に近づいて、その身体を抱え上げた。

「我々忍びは、生きてる相手を見たら、どいつが〝傀儡《くぐつ》〟の役に立つか探ります。今夜はこいつで」

「傀儡とは──操り人形のことか？」

「そう難しいお顔をなさらずに。こちらのためになる情報を知っているような奴──それもなるべく若くて口を開きやすい奴を選んで、何もかもしゃべらせた上で、こちらの間者として使います。つまり操り人形にするわけで」

「左様か。では引き上げる。少し待て」

十兵衛は本堂へ荷物を取りに戻り、すぐに出て来た。


裏口を抜けるとき、庫裡《くり》の方へ片手拝みをした。

「住持どの、後はよろしく」

二人が風を巻いて走り去ると、東の方が水のように光りはじめた空が、墓地に横たわる武士団と、掘りかけの墓を照らしはじめた。


二人はその足で近くの百姓屋の納屋へと忍んだ。拉致した若侍の告白を得るためであった。

両手首を背中で縛り上げ、十兵衛が活を入れた。左源太が蠟燭に火を点けて眼の前へ持ってきた。

醒めた眼は、その限界一杯に小さな炎を見た。

「炎の中にお前がおる」

低く威圧感たっぷりの声で左源太がささやいた。

眼醒めたばかりの曖昧な意識はたちまち支配され、若侍は小さな光を見つめた。左源太はうなずいた。敵は術中に入ったのだ。

「まず、訊こう。おぬしの名は？」

「羽鳥《はとり》――彦三《ひこぞう》」

「役職は？」

「徒士《かち》組だ」

「今夜の使命は何だ」

「……墓堀りの護衛だ」

「誰に命じられた？」

「……用人の松井様だ」

「初めての任務か？」

「そうだ」

「墓堀りのことは知っていたか？」

「……以前……噂で」

「どんな噂だ？」

左源太の声に力がこもった。

「それは……」

若侍――羽鳥はためらった。

左源太がかけたのは、いうまでもなく催眠術である。相手の胸中に秘匿《ひとく》された事実を白日の下にさらすこの術は、相手の精神力と、曝くべき対象によって効果が著しく異なる。

徒士役・羽鳥彦三の躊躇も、任務の根幹に触れてきたからだろう。

「答えい」

左源太が強く命じた。

「……それは……城中で……いや……」

躊躇を左源太は許さず、

「城中で――何だ？」

「……死体を……甦らせて……」

「ふむ、死体を生き返そうとしているのだな。

――城内の何処でだ？」

「知らぬ」

きっぱりと返って来た。真実だと十兵衛は思った。左源太もそれ以上は訊かず、

「死体を生き返らせようとしている張本人は誰だ？　噂でよい」

「……」

「答えよ。噂によると？」

羽鳥の表情が思いきり歪んだ。

不意に頭を下げた。

「しまった!!」


十兵衛が抱き起こした時、断末魔《だんまつま》の痙攣《けいれん》が伝わってきた。口腔《こうくう》から鮮血が溢れて土間を濡らした。舌を噛んだのである。

「やり過ぎました」

苦い表情の左源太へ、

「いや、舌を噛んでまで守ろうとする相手だ。推察はできる」

「ご城代？」

城代家老・宮武摩季である。

「或いはな。或いは――」

「同じく江戸家老――永野陶治郎《ながのとうじろう》」

「或いはな。或いは――」

十兵衛の返事に、左源太は沈黙した。いかなる事態をも冷たく認識しなければならぬ忍びの眼が、驚愕に見開かれた。

「まさか――ご城主が……」

「室戸妙義守端山様」

十兵衛は、自裁《じさい》した若者の身体をじっと見つめた。

「生者必滅は天の理《り》、地の理《ことわり》――それに異を唱えたが故に、いま死なずとも良い若者が死んだ。これ以上、彼のような者を増やさぬためにも、ここは全てを知る相手に仔細《しさい》を問わねばあるまいな」

左源太は、仰せのとおりとうなずき、羽鳥の死体を肩に担ぎ上げた。


若い忍びが四半刻ほどで戻って来たとき、十兵衛は旅仕度を整えていた。


「どちらへ？」

「城下へ戻る。それなりの準備を整えねばならぬのでな」

「背後はご心配なく。見えないようにお伴いたします」

「頼めるか？」

「ご安心を」

「すぐに欲しいものがある」

「はっ」

「城下と周辺の地図だ」

「お任せを」


夜が明けて程なく、百姓家の納屋を出たのは十兵衛ひとりであった。

彼は黙々と街道を行き、昼前四ツ半（十一時半頃）には城下へ入った。

まず向かったのは武具屋であった。

「旅の兵法者だが、頼りになる剣と槍が欲しい」

と申し込み、大刀ひと振りを買い入れた。

次の店では、弓矢と矢筒を購入。

三軒目では槍を二竿手に入れた。

店を出て、小路《こうじ》へ入ると、奥から左源太が現われ、

「では」

恭々《うやうや》しく差し出した両手に槍を預けて、

「地図は手に入ったか？」

「はっ。それに」

左源太が懐中から取り出した図面を、十兵衛は受け取って開いた。

「ここと――ここ。それから、ここだ」

と指差した。

「大刀と槍をひと振りひと竿ずつ隠しておけ。弓は邪魔でなければ、そちが預ってくれ」

「お任せ下され。忍びのくせに、剣や手裏剣・縄よりも、こちらの方で獣を狩っておりました」

「それは心強い」

十兵衛は笑った。男臭さに溢れた顔が、このときは童子《どうじ》を思わせる。容易に他人を信じぬ忍びが、一も二もなく心服する理由はこの辺りにあるのかも知れなかった。

「しかし、変わったことをなさいますな」

十兵衛は購入した武器をすべて左源太に預け、そこから城下の数か所の地点に分散するよう命

じたのである。

「兵法者の刀はすぐに折れ、矢は底を尽く。そのためにはまず武具屋だ」

「いえ、隠しておくように言われた地点でございます。ここでお使いになられる機会が本当にありますのか？」

「わからぬ」

「わからぬままに置いておけ、と？」

「左様。勘だな」

「勘――でございますか？」

左源太はもう一度地図に眼をやって、

「変わった御方――いいや、怖ろしい御方じゃ」

「そうかな」

十兵衛は、とぼけた風に路地の入り口を見た。

人が行き、荷馬車が行き、籠を担いだ野菜売りが行く。

「人の世だ。だが、それを覆さんとする者たちがおる。個人的にはそれも面白いとは思うが、放置してもおけぬでな」

無言で黙礼した左源太の胸を冷たいものが走り抜けた。放置してもおけぬ――そのために、いかなる異形《いぎょう》の戦いが繰り広げられるのかと、ふと頭を過《よぎ》ったためであった。

その足下で、かすかに地面が揺れた。大地も怯えたのかも知れない。

第五章　隠密死人剣

1

「揺れるのお」

　城を出て西へ五里。〝人呑み〟と呼ばれる深い森が延々《えんえん》と広がる場所である。昔から旅人や土地の者が迷いこんでは出られなくなることが多いためついた名前だが、今日もまた、三名の男たちが挑もうとしていた。

　前方に見えて来た古い土蔵のような建物の前で先頭の貴人は馬を止め、雲の多い空を見上げた。後方の馬には、女と見間違うばかりに美しい小姓と家老の宮武摩季が乗っている。貴人は城主・室戸妙義守端山であった。

「はは、ここ数日——かなりの数が」

　宮武も眉を寄せた。さして地震の多い土地ではないが、最近は例外的に多い。三人は馬を下りた。

「ひょっとして、天の怒りか、のう宮武？」

　にやりと笑った城主の表情には、何処か虚無《きょむ》的な翳がある。それを認めて、宮武も、

「左様なことは。何にせよ、天下を覆すほどの企てを抱いておられれば、天変地異のひとつやふたつは付きものでございます」

「ふむ」

　と妙義守はうなずいた。戦国武士の血を思わ

せるいかつい顔は、すでに生まれながらの落ち着きを取り戻している。宮武は黒い鉄錨を打ちこんだ樫の大扉の前で、扉の表面にぶら下がっている鎖——その先についた鉄塊を掴んで、扉に三度叩きつけた。十年ばかり前、城は森の近くにあり、火災を蒙《こうむ》って、三年がかりで丸ごと現在の場所に移ったが、道具蔵だけが残された。三人がいるのはその前であった。

少し間を置いて、内側で錠前の外れるような音が鳴り、大扉は蝶番《ちょうつがい》をきしませきしませ、内側に開いた。白髪白髷《はくぜん》——大きな革の前掛けをつけた老人が、扉の陰から現われ、恭々しく一礼した。碧《あお》い眼を見るまでもなく外国人である。前掛けに大小の黒い染みがこびりついている。血痕だ。

「これは妙義守様。お目にかかれて光栄にございます」

何処で学んだのかと、誰もが眼を剥く流暢《りゅうちょう》な日本語であった。この国に来て五日で覚えたと妙義守は聞いている。

「ザーレス、おぬしだけか?」

宮武の後について内部へ身を入れながら、妙義守が訊いた。

「いえ、力自慢の下僕がひとり。出来損ないではございますが」

「おお」

と応じた妙義守の声には、信頼の他に——嫌悪が貼りついていた。

「加えて、今はこの源之丞が。大秘事《だいひじ》の守りは万全でございます」

源之丞と呼ばれた太刀持ち——というか小姓が、美しい顔で黙礼を送った。

妙義守は何処かおぞまし気に四方を見渡した。

以前は城の整地に使用する鍬《くわ》や鋤《すき》、荷車等が並んでいた百坪ほどの空間である。今も少しは残っているが、主要な道具類は別のものに変わっていた。

四人のいる場所は、妙義守を迎える居間らしく、洋風の椅子や小卓が並んでいた。階段を三段ほど下りた広間は、この国の人間にとって異世界であった。

玻璃《はり》の円筒がぐるりを囲む真ん中に、長方形の台がある。板と木棒で作られたその下部には車輪が取りつけられて、前後に移動用の把手《とって》がついているのを見れば、これは寝台である。木の上に革を張った表面には、黒い大きな前掛けと同じ染みが散っていた。

その左右には、ずっと小さな台が配置され、大小の鋭い刃物が乗っていた。小さいのはメスである。大型は——鋸《のこ》だ。鉈《なた》も手斧もある。どの刃も磨き抜かれていたが、隅の木箱に放りこまれた分は、欠けた刃が血だらけだ。室内にたちこめる香は、それを消すためなのであった。

台の近くまで辿り着き、妙義守は四方を見廻した。異様な光景への好奇と興奮の他に、人間《ひと》が見てはならぬものを見てしまったかのような、嫌悪の色も隠しようがない。唇さえ歪んだのは、四囲を埋める波瑠の円筒——その中身を眼にしたときであった。

人間だ。

薄桃色の液体を満たした中に全裸の男女が封じ込められているのだ。それも。

「これは――」

これまで、美しい無表情を崩しもしなかった小姓が、はじめて呻き、絶句したほどの異常な姿であった。

まず、どれも不自然だ。不格好だ。人体の整合性というものが何処か失われている。

百姓と覚しい若者、同じく乳房も豊かな娘、でっぷりと太った商人風、そして、これは武士と考えるしかない偉丈夫《いじょうぶ》。

水中からこちらを見つめている首は斜めにかしぎ、右腕は左の腕より太く長く、片足は足首までしかない。いや、細かい造作の欠陥に注目すれば、眼の大きさも左右対称ではなく、耳も鼻も、生まれつきのものとは思えない。

本来の身体に合わないそれらは、すべて糸によって縫いつけられているのだった。

その最たるものは、裸体の喉元から正中線を引いたがごとく臍《へそ》のやや下までのびる縫合痕であった。腹を裂いた者は、体内から何を取り出し、何を戻したのか？

妙義守は数秒間、それらに眼をやっていたが、こみ上げてくる嫌悪を抑え切れなくなったのか、小姓の方へ眼を逸らして、

「どうじゃ？」

と訊いた。

驚くべきことに、すでに落ち着きと冷厳《れいげん》さを取り戻していた小姓は、

「はじめて眼に致しましたが、手前の想像を遥

かに超えた異形のもの。切支丹《キリシタン》の妖術とは、誠に汚怪《おかい》なものでございますな」

妙義守はうなずいた。ザーレスと呼ばれた老人が、じろりと睨んで異を唱えた。

「これは妖術ではありませぬ。科学と申して、天の理、地の理に立脚した学問のひとつです。私はこれを医術に応用しました」

「死者は眠り、やがて転生する――この教えは存じておる」

小姓は厳しい声で言った。

「だが、それこそ天地の配剤《はいざい》によるものだ。地上で虚しく生きる我らが、天の領分《りょうぶん》にさかしら顔で手を触れるなど言語道断《ごんごどうだん》――ザーレスとやら、うぬは必ず天罰の炎に身を灼くことになるぞ」

「ほほほ。この国にも天罰というものがあるとは、はじめて聞き及びました」

白髪の老人は、ひどく不健康で耳障《ざわ》りな笑い声を立てた。

「なれど、それを怖れていては、人の世の進歩はないのでございます。刀が鉄砲が、最初から世にあったとお考えか？　それを知らぬ世の人々が、そもこのような品が生まれると考えたとお思いか？　なれど、それはいま御身《おんみ》らの手もとにある。人は生命を得る。何もないところから、男女の契《ちぎ》りによって私もあなたも生を受けた。この不思議さを思ってごらんになるがよい。私はそれを不思議に留めておけなんだ。人間の頭脳の精髄《せいずい》を絞り尽くして理解しようと努めた。そして、数十年前のあの冬の晩、あなた方の知らぬ海の彼方の国で、埋葬されたばかりの死体を観察しているうちに、生と死の真理に気づいたのだ。ああ、その悦びよ、天地があれほど小さく脆く感じられたことはない。よく聞くがよい、この国の支配階級の御方たち——人は自らが生み出した科学によって、生命を創造し得るのだ。五十年前、白雪を抱く山脈に囲まれた小さな村で、私はついに人間《ひと》の手による最初の生命を生み出した」

居並ぶ三名の支配階級が声もなく見つめる中で、ザーレス医師——といってよかろう——の狂熱に変えられた声は、急遽《きゆうきよ》しぼんだ。

妙義守と宮武が顔を見合わせたとき、ようやく、

「だが、今なお解けぬ、ある問題が生じたのは否定できぬ。それは美に関するものだ」

医師は憮然と円筒内の死者——だろう——たちを見つめた。

「見るがいい。この顔立ちの醜悪さを。眼は切り裂かれたように細く長く、鼻も唇もねじ曲がり、ひん曲がり、歯並みは狂った山脈のようで、肌は火に炙られた紙のように乾き裂けている。女の生命たる黒髪はどうだ？　まるでメデューサの蛇のように汚らわしい巻きつき方をしているではないか」

皺だらけの顔に、嘲りとも哀しみともつかぬ色彩《いろ》が広がった。

「やはり、神はいるのかも知れんな」

と彼は言った。

「その許しを得ぬ生命は、このような処罰を受

けるのかも知れん。創造後十年を閲して私が創り出した生命は、すべてかように醜悪であった。ヴィーナスのごとき美女、アドニスのごとき美男——私は生命にそれを求めた。だが、ことごとく失敗を重ね、絶望の淵に追いこまれた。一年以上、私は欧羅波《ヨーロッパ》の街々を放浪し、酒に溺れ、自滅しかかった。

それを救ったのは、ある男であった。彼もまた、若い頃から私と同じ考えを持ち、私と同じ研究を続けていたのだ。そして、アムステルダムの港に近い酒場で遭遇した翌日、彼の作品を引き遭わせてくれた。私に希望の火を点《とも》したのは彼女だった。その女は類い稀なる美貌を備えていたのだ。私は歓喜のあまり泣いた。雷鳴《らいめい》激しい夜であった。私は外へととび出し、天に手をふりかざして、こう叫んだのだ。今日こそ、人間《ひと》が神と並んだ記念日だと。世界は白く染まった。気がついた三日後に、私は彼から雷に打たれたと聞かされた」

過去を述べるにあまりにも無感動な老人へ、

「ザーレスよ。なのに何故、この国へ渡って来たのだ？」

と小姓が訊いた。妙義守と宮武は聞かされていたが、彼ははじめてだったのである。

「新らしい生命の創造となれば、世には呪う者よりも讃える者の方が多かろう。まさか、おぬしたちの成果をこの国へ広めるために来たのではあるまいて」

「正常な者は醜悪という欠陥があった」

と医師は言った。

「美しい者は異常だったのだ」

「何と」

「彼が連れて来た女は心根が腐り切っておったのだ。その美貌でもって男を虜《とりこ》にし、その財産も地位も奪って破滅へ追いこんだ。金が目的だったのではない。そうしたかっただけだと、自ら申しておった。女をこしらえた男は街から街へと移り住んでいたが、それも限界が来た。女に愛息《あいそく》の生命を奪われた政治家と警察とが、ついに手を組んで動き出し、彼らと私をアントワープの港へ追いつめたのだ。やむを得ず、我々は船で南極海へと渡り、数年の月日を経てから欧羅波へ、帰国することにした。だが、嵐で船は難破し、長い航海の果てにこの国へ漂着してしまったのだ。彼らとはそれきりになった。幸い、創造のノウハウだけは頭の中にあった。私は山の奥に居《きょ》を定め、獣を狩って肉を食らい、里へと下りては必要な品を集め、工夫して研究を続けた。そして、半年前に、妙義守様と遭遇し、天下に覇《は》を唱えんとするその大望を伺って、力をお貸しすることを決意したのだ」

妙義守のかたわらに控えていた小姓は、美しい能面のような無表情を維持していたが、ここで大きく唇を歪めた。我が主人がこのような怪奇な外国人と天に仇なす研究とやらに加担することを、おぞましく感じたのである。

彼は妙義守の方を見て、

「しかし、この男の話が本当だとすれば、我らは正に天の罰を受けかねませぬぞ」

返事はない。

　そのとき——

「吾作！」

　とザーレスが叫んだ。

2

　一同がそちらを見た瞬間、天上から黒い塊が落下したのである。

　床にぶつかるや、それはよろめきながら広鍔《ひろつば》の忍者刀を構えた。黒ずくめの男に化けた。忍びであろう。

「何処その隠密か知らぬが、ここを探り当てたことは褒めてやろう。後は冥土から伝えるがよい」

　忍びは忍者刀を構えた。その刀身は意志に反して大きく前傾し、彼は必死にそれを構えなおした。

　小姓以外の三人は、ようやく忍びの黒装束《くろしょうぞく》の右胸が紅く濁っているのに気がついた。小姓の投げた小柄が、天井に潜んでいた彼の肺を貫いたのである。

　だが、小柄とは本来武器ではない。楊枝《ようじ》を削ったり、柄でこすって髪の掻《かゆ》みを消すための道具だ。手裏剣のように投げれば数メートルが射程距離である。まして忍びは衣装を重ね、鎖かたびらをまとっている場合もある。人間離れした膂力の持ち主でなければ、致命傷など与えられるものではなかった。

　忍びの剣がふたたび下行《かこう》した。力が尽きかけているのである。

そのとき、遠い右方の木扉が開くや、巨人とでもいうべき影が、床を鳴らして駆け寄ったのである。

そちらを向いた妙義守と城代家老が、驚きと恐怖のあまり、眼前の死闘すら忘却したほどの、奇怪な男であった。

身長は十尺（三メートル）近く、身体つきはまるで壁だ。熊の皮を縫い合わせた上下を着《つ》けているが、どちらも肘と脛《すね》の途中までしかない。そこから露出した手と足の異様な細さが不気味だった。

接近に気がついた忍びがふり向いて、忍者刀でその胸を突いた。鳩尾であった。忍びの力と巨人の加速とが重なり、刀は鍔までめり込んだ。

猛烈なる前進が止まったのには、そのせいではなかった。巨人は自ら停止し、忍びの腰に両手を当てるや、軽々と眼前へ持ち上げ、抱きしめた。

肋骨と背骨の砕ける音は、区別がつかなかった。

鼻口《びこう》を押しつぶされた忍びは、苦鳴もあげず、四肢を痙攣させて動かなくなった。

何処からともなく血をしたたらせはじめたその身体を、巨人は両手で捧げ持つようにして腰の上あたりで折り畳んだ。また数カ所で骨が折れた。

それをさらに二つに折り、なんと、もう一度折り畳もうとしたとき、

「そこまでだ、吾作！」

ザーレスが止めた。

「今度はご領主とご重臣がお出《い》でになっている。あちらで処分せよ」

巨人はうなずいたようである。

切れ長の眼は赤く、四人を見下ろす瞳はひどく渇いていた。恐ろしいのは口であった。唇はなく、剥き出しの歯茎《しけい》からこぼれた黄色い歯は、どれも醜くねじ曲がり、武士たちは憎悪すら抱かせた。

もはや直径二、三〇センチほどの塊となった忍びを胸に、巨人は一同に背を向け、もとの戸口へと歩き出した。

扉が閉まると、

「お待ちください」

ザーレスは近くの水槽から柄杓《ひしゃく》で水を汲み、床の血を流した。

三人へ向き直った顔は、疲れた色ひとつ留めぬ尋常な表情を浮かべていた。

「さて」

落ち着き払った声で医師は、

「それよりも今宵《こよい》お招きしたのは、最も新しい作品を生み出す光景をご覧いただくためです。この地の東南にある村で、一昨日、働き盛りの若者が蜂の群れに刺されて亡くなり、今の吾作が埋葬された死体を入手してまいりました。彼が蘇生する様を、よおくご覧ください」

ザーレスは台上に横たわる白布の塊に近づき、顔の方からめくっていった。

全裸の若者が現れた。百姓らしいたくましい肉体は、顔も首も胸も、無残に腫れあがっていた。

　腫れの凄まじさからして、若者を襲ったのはススメバチであろう。その毒は心肺停止や呼吸不全を引き起こすセロトニンやアセチルコリン等の神経毒、アナフィラキシーショックの原因となるホーネットキニン、その他の毒物質を含み、容易に人間を死に至らしめる。いわく〈毒のカクテル〉であった。

「毒にやられた身でも、甦らせることができるのか？」

　不浄なものでも見るような表情で、妙義守が訊いた。

「本来なら、否でございます」

　ザーレスは、あっさりと答えた。

「ですから、理想的な復活は、健常者の遺体のうち、損傷を受けていない部分を繋ぎ合わせることによってなされます。ですが、目下のところ、それはなりません。死体はそう簡単に入手できるものではないからです。この若者の死体も、蘇生はほんの数秒──貴国の単位から、呼吸を五つするほどの短期です。彼はふたたび死の国への道を巡らねばなりません。一度、是非復活の現場を見たいとおっしゃったお上のご希望を、とりあえずお叶えしようと、本日の宴《うたげ》を催しました」

「宴か」

　つぶやいたのは小姓である。拭いがたい不信や嫌悪を異国の医師に抱いているらしい口調であった。

「見たい」

と妙義守が呻いた。

「早うせい、ザーレス」

と宮武がせかした。

「では」

ザーレスは三人に木の椅子を勧めた。彼の手作りである。三人が腰を下ろすと、離れた壁のところに行き、天井からぶら下がった縄を引いた。

途端に、天井から黒い幕が下りてきて、三人の視界から死体を彼は遠ざけた。

「何をいたす？」

小姓が脇差に手をかけて立ち上がった。

「蘇生の瞬間《とき》こそ、顔がみたいと仰せられたもの。それを隠すとなれば、おぬしの技はことごとくいかさま、ペテンとみなされるぞ」

「そうでないのは、ご家老様がすでにいくつかの例でご存知のはず」

医師は薄笑いを浮かべた。

「私は生と死の神秘を、墓場で朽ち果てていく死体――否、腐体《ふたい》を観察するうちに見つけ出しました。それは実に単純な道理で、この二本の手で死から生へと運命の流れを逆転させ得るテクニ――技術さえ同時に発見し得たのでございます。それ故に、公開はできませぬ。その技術とは、ひと目で記憶でき、五つの子供でもその場に死体さえあれば実践可能なものであるからです。神と肩を並べる人間は、このザーレスひとりで十分。いまの生活をと潤沢《じゅんたく》なる資金を保証してくれる秘密の護符《ごふ》を他人に譲るほど、私は愚か者ではありません」

「ザーレス」

憎悪さえ込めて前進しようとする小姓を、妙義守が留めた。

「こ奴の好きにさせい。天下取りの日が眼の前に見えておる。良いか、一切の邪魔はならぬぞ」

この厳命を聞くや、ザーレスは素早く黒い垂れ幕の向こうに廻った。

「よおく、ご覧あれ。死から甦った男を」

単純、と言った言葉どおり、何やら骨を砕くような音が三、四度鳴るや、幕は躊躇なく上がった。

「おお!?」

見学者たちは驚愕の叫びを上げ、次の瞬間、悲鳴を呑み込んだ。

若い百姓は、台上に上体を起こしていた。

変化はない。ただ一点を除いて。

こんな醜い顔はしていなかったはずだ。

妙義守は顔をそむけ、宮武城代家老は固く眼を閉じている。小姓は直視を崩さないが、嫌悪の表情は隠しようもなかった。

「何故か、こうなる。自らの領域を侵《おか》された神の怒りと私は思っておりますが。ところが、狙いどおりの美しい姿形の復活も時折叶うのでございます。ただし、彼らは不死身ではありませんでした」

「わかっておる」

宮武が深く息を吐いた。

「だが、我々より遥かに強靭じゃ。それ故わしは藩の稽古場に派遣した。ところが、奴らは武者修行のため廻国中とかの武芸者に、呆気なく敗れ去った。武芸者？　いいや、そ奴は——」

彼はある名前を口にしようとしたが、それは叶えられなかった。

「おぬしらの神は祟らぬのか？」

と妙義守が訊いたのだ。

「罰は下します。それが、祟りといえるかも知れません。さ、何はともあれ、私をいかさま師、ペテン師と誹《そし》る前に、殿様の希望をとくとご覧あれ」

医師は台上の若者を指さした。

三人は息の呑んだ。若者——だったものが向きを変え、台に腰かけたような形を取ってすぐ、床へと下りたのである。そして、醜いものは両手をのばし、ゆっくりと妙義守へ近づいて来た。

「寄るな、化け物めが」

妙義守は叫んだが、足は動かなかった。

「源之丞《げんのじょう》」

宮武が一喝するより早く、小姓は二人の間に駆けつけ、若者だったものの左首すじから右肺上まで斬り割った。たおやかな姿からは想像もできぬ膂力であった。

ザーレスを除く全員が息を引いた。

相手は苦痛の色も見せず妙義守に近づいていく。傷痕からは鮮血が滝のように全身を染めていた。

源之丞が二撃目に移ろうとしたとき、前進は止まった。

恐怖に凍りついた妙義守の眼前に迫った手も身体も、勢いよく垂直に落ちた。

正座の姿勢を取って首を垂れ、それは動かなくなった。

「本来の死が来たのでございます」

とザーレスが言った。

眼前で十字を切る仕草を、小姓は凄まじい眼で眺めたが、何も言わなかった。

「これにて宴は終焉《しゅうえん》いたしました。とっととお帰りなされ」

無礼な言い草だが、それは日本語にいまだ不慣れなせいだろう。

外へ出ると冷気が肌に染み入ってきた。いま見たもののためもある。

馬にまたがるまで口をきかなかった妙義守が、汚怪な実験用の建物が見えなくなるところまで来ると、

「化け物めが」

と吐き捨てた。

「あ奴の国の神は、あのようなものをこしらえる輩を見逃すのか」

怒りの対象はザーレス医師らしい。

宮武が受けた。

「異国の神などお気になされますな。この国とて、遠い、西行法師《さいぎょうほうし》と申す者が、〝反魂《はんごん》の儀〟なる妖術を駆使し、高野《こうや》の奥にて人骨を集め、人をこしらえたと聞き及びました。生命を生み出すというのは、いかなる土地においても死に向かわざるを得ぬ我らの見果てぬ夢なのでございます。なれど、西行は砒霜《ひそう》なる秘薬を用い、手の込んだ作業を行った後、〝反魂の儀〟の効果が出るまでに二七日を要したとございます。今の我らにそれをなぞることはできませぬが、ザー

レスの蘇生法ならば、たやすく身につけられましょう」

「なぜに責めにかけ、吐かせぬのでございますか、ご城代？」

小姓――源之丞が強い口調で問うた。

「今はその要がないからよ。あ奴のやり方でいくと、ひとりの蘇生者を作るのに、最低でも三体以上の死髄《しずい》が必要となる。死者を好き勝手に増やすことはできぬ。それはザーレスが手を下そうが、他の誰が試みようと同じことだ。ならば、確実な方を取るが上策」

「しかし、それではいつまでたっても。その上、公儀の手先と思しい忍びさえ明らかになりました。お言葉ながら、悠長《ゆうちょう》に構えては、我らが身の破滅かと存じます」

「そのとおりじゃ」

闇の先から妙義守の声がした。宮武家老は半馬遅れて右に、源之丞は左に尾けている。

「先程の忍びとの戦いを見るまで、余は決めかねておった。甦った死者の軍勢を整え、江戸へと向かうのは、いつにすべきかと。基本的には宮武の説に傾きかけておった。だが、もはや猶予はならぬ。公儀の眼は知らぬ間に我らに注がれておったのじゃ」

「殿」

宮武城代の顔は夜目《よめ》にも白く冴えていた。彼の次の言葉を妙義守は許さなかった。

「至急、死者の軍勢を整えよ。そのための死体は、領内・領外を問わず集めよ」

妙義守の声が急に熄んだ。陰々滅々《いんいんめつめつ》と、しか

し、断固譲らぬ決意に支えられて、

「まとめて死者を作る手立てを考えるのだ、宮武。どうしても浮かばねば手段は選ぶな」

3

十兵衛が身を潜めている木賃宿《きちんやど》に、左源太が訪ねて来たのは、同じ日の夜明け近くであった。木賃宿は町人町のほぼ東の端にあり、懐の寂しい連中専門の宿である。

左源太はずっと、志保の件での依頼主たる城代家老の宮武摩季を看視していたが、今夜、城から妙義守と小姓一名を連れて、藩の西端へと向かい、一棟の蔵へと入った。左源太が追わなかったのは、小姓が気になっていたからだ。

「手前と同じ匂いがいたしました。妙義守様子飼いの忍びかも知れませぬ。お気をつけ下さい」

と左源太は伝え、小半刻待ち申したと続けた。

「やがて三人は出て参りました。手前がぎりぎり離れた藪《やぶ》の中で眼と耳を澄ませておりますと、馬を進めながら、とんでもないことを申します」

そして、大量殺人計画を打ち明けたのである。

「妙義守様直々のお言葉か」

十兵衛は低く呻いた。老人のような声音であった。

「説得申し上げれば或いは、と思うていたが、もはや及ばぬか――とりあえず、休め。その後、ザーレスとやらの住いへ向かってみよう」

十兵衛が宿を出たのは、明六《あけ》ツ（午前六時で

あった）

城下を出て辿りはじめた道は、先夜、妙義守たちが馬首《ばしゅ》を向けたものと同じである。

まだ星が点っていた空に、暁光《ぎょうこう》が広がりはじめた頃、前方から重々しい馬車の響きが近づいて来た。一台ではない。おびただしい数だ。

素早く十兵衛は右方の林へ移動した。

木立ちの陰へ身を隠したその耳へ、

「十台参ります」

姿なき声が伝えた。左源太であった。数まで数えていたとみえる。

まず騎馬隊が来た。二十頭いた。彼らは荷馬車の護衛であった。

馬車は六頭立てであった。

荷木箱を積み、幌を被せた荷車は二人の武士が手綱《たづな》と鞭を握っていた。鞭が届かぬ前方の馬郡には小石がぶつけられた。

ごおごおと波のごとく走り去る馬と荷物とを見ながら、

「遅かったな」

と十兵衛はつぶやいた。

「仰せのとおりで。潜入した忍びが見つかった――そのせいでございましょう。しかし、ここまで早いとは」

「公儀に弓を引こうという輩《やから》だ。常識を当て嵌めるわけにはいかんな」

路面を崩壊させて馬車群が去ると、十兵衛は道に出て左右へ眼を走らせた。

「どうなさいます？」

左源太が訊いた。姿は何処にもない。平凡な朝の道であった。

「行こう」

と十兵衛は言った。

轍《わだち》がめりこんだ道に足を取られることもなく歩き出す後ろ姿には、断固たる決意の渦が虚空へと立ち昇っていた。


「無い」

左源太の声が石のように言った。

そこは昨夜、領主と城代家老が小姓を引き連れて訪れた蔵の建つ一角であった。

雑草が軒を競う空地の奥だけが、百坪ほどの黒い土を剥き出しにしている。蔵の跡であった。

「あらゆるものが持ち去られました」

「ふむ」

憮然たる十兵衛へ、

「ところが、わざわざ残っている者たちもおりますぞ」

「わかっておる。新しい公儀の忍びを待ち構えているのであろう。ここから逃げようとする者がいたら、殺せ」

「承知」

十兵衛は大石の林を見廻し、

「出て参れ」

と言った。

襷掛けの武士たちは、すでに大刀を手にしていた。

十五名。

何処かに弓か鉄砲が隠れているのかも知れな

いが、それは左源太次第だった。

「片目を失った兵法者らしい男がいるのと知らせは受けておる」

言い放ったのは、中で最も年嵩《としかさ》の武士である。

彼だけが、襷掛けの上に羽織をまとっていた。

「うぬがそれか、公儀の狗《いぬ》？」

「違うと言っても信じまい」

武士は十兵衛を指さし、その手を高く掲げた。

武士たちが十兵衛を取り囲んだ。

強い風が草を吹き倒した。草は朱に染まった。

風が血風と化したのである。

倒れ伏した部下たちを、年配の武士は呆然と見つめた。呻き声ひとつなく、痙攣を示す者もない。即死であった。一四人全員が。

「うぬは……」

武士はかろうじて青眼に構えた。

「……その眼……城下で斬られたと……しかし……最初からつぶれていたのではないか……だとすれば……噂に聞いた……柳生新陰流に隻眼の剣士……柳生十兵衛あり、と」

「ご尊名を伺いたい」

と十兵衛は言った。右手に血刀を下げたまま。

血の気を失った武士の顔の中で、眼だけが闘志を失っていなかった。

「よかろう。譜請役頭《ふしんやくがしら》・矢《や》柄《がら》荘《そう》五《ご》郎《ろう》じゃ」

言い終えた途端、何処かで銃声が轟いた。それに悲鳴が重なったと聞き取ったか、矢柄荘五郎は一刀を首に当てるや、一気に頸動脈《けいどうみゃく》を引き切っていた。

「しまった!?」

前へ出かけた十兵衛の表情に、言葉通りの思いは皆無だ。鉄砲に関しては想像通りの展開ではあったのだ。唯一違うのは――

悲鳴が上がった右方の林の奥から現れたのは、左源太ではなかった。

長い布で顔を隠した巨漢は、十兵衛を見、周囲の光景を見てから、右手の一刀を背の鞘に収めた。血痕《けっこん》がないのは、倒した相手の衣装で拭《ぬぐ》ったものだろう。見よ、刃の長さは四尺を超えているではないか。しかも、もうひとふり、同じ長さのものが交差しているのだ。

「かたじけない」

十兵衛が礼を言うと、男は軽く黙礼して、

「通りすがりに、火縄の臭いを嗅ぎました。辿ってみると木陰《こかげ》から貴公を狙っている風であったため、声をかけたのですが、当方に狙いを移したため、やむを得ず斬り捨てた次第です

――しかし」

累々たる死者を一望して、

「おひとりで？」

「左様」

包帯の武士は頭をふった。包帯といっても、首のあたりから細い布が二本ぶら下がっているからそう思えるだけで、長いこと旅の陽ざしにさらされてきたらしい布の表面は、灰色に灼けている。唯一、そこから覗く双眸だけが、人間らしい和やかな光を湛えていた。

「いや、お見事だ」

と感嘆の声を放った。

「ちと耳にはさんだが――柳生十兵衛殿であら

せられるか？」

　これには一瞬、十兵衛が沈黙を強いられた。

　彼の名を呼んだのは矢柄荘五郎である。だが、それはつぶやきともいうべきもので、一間（約一・八メートル）も離れれば常人の耳には届かない。しかるに、この男はそのとき林の中の射ち手に接近していた。十兵衛からの距離は十間を超す。

　十兵衛は今の状況と、過去の情報とを組み合わせ、瞬時に結論を出した。

「貴公――賢祇と申さぬか？」

　巨漢の両眼、かっと見開かれた。

「何故――それを？」

「この土地へ来る前に、蘭堂不乱と名乗る男と、その妹で冨士枝という女性《にょしょう》に会《お》うた。その妹から三人目の兄弟の名を聞いた」

「やはり――いたか」

　巨漢・賢祇は天を仰いだ。

「ここと知らず、しかし、ここへ来た。それがしに流れる血が、兄と姉の血に呼応《こおう》したものでしょう。貴公もまた奇妙な縁《えにし》の犠牲者であられるか」

「不乱は知らぬが、妹御《いもうとご》はこの地におる」

「ならば、兄もおります」

　賢祇は静かに断定した。

「ついに巡り会えた。彼らもまた、互いに意識して集うたわけではあるまい。それが三人顔を並べるとは、やはりこの地が終焉の地と、運命が招いたものでございましょう」

「すると、おぬしと一緒にいれば、後の二人とも相まみえることになるか」

「間違いなく」

賢祇は十兵衛を見つめた。身体の内奥《ないおう》まで探り抜かれるような気が十兵衛はした。

「で——会うたら柳生殿はどうなさる？　二人をお斬きりなさるか？」

「それは——」

斬る、と決めていたはずが、十兵衛は言い澱んだ。

不乱は殺人鬼だと思う。それが斬る理由だ。だが、この地で沈黙のうちに形を整えつつある大破倫の陰謀に比べれば、毒血の海の中の一滴にすぎぬとも思う。斬るべきは、不乱の他にも山ほどいるのだ。それも決して異常魔性とはいえぬ連中が。

「貴公がこの地におられる理由を、それがしは存ぜぬ。だが貴公が兄と姉とを手にかける前に、それがしが処刑したいと願うものです」

彼はしみじみと周囲を見廻した。

「ここにも、同じ血の臭いが致します。ここで生まれた生命も、それがしが刈り取った方がよろしいでありましょう」

彼はふたたび黙礼を送り、踵《きびす》を返した。

「何処に行かれる？」

「わかりませぬ」

と広い背が答えた。

「ですが、この面相です。何処ぞやの廃屋か廃寺の片隅でも借りることになるでしょう」

「面相？」

火傷《やけど》でも負っているのかと思った。

「失礼を」

巨躯が道に出て、城下の方へ歩き出すのを、十兵衛は黙然と見送った。悄然《しょうぜん》たる後ろ姿が、いつまでも脳裡に留まるような気がした。

「縁とは異なるものですな」

左源太の声がしても、十兵衛は驚かなかった。忍びはその左方に立っていた。

「あの男がここにいる間、手前はひどく胸がざわめきました。あれは悪人ではありません。ですが、顔だけでそうと判別されましょう」

「三界《さんがい》に家なし」

と十兵衛は言った。それを聞くべき相手の姿は、もう何処にも見えなかった。

第六章　夜の邂逅《かいこう》

1

翌日から城下は騒然となった。原因は西の原で斬り殺された一五人にあるが、死体はその発見者の農夫ともども、世が来る前に消えてしまったのでる。騒然とは、市中に物々しい服装《いでたち》の役人たちが捕手《ほしゅ》ともどものし歩き、城下に出入りする者はことごとく尋問を受け、荷物はバラされる、男女問わず身体検査を強要されるという光景が見られたからである。

これら詮議の準備は、急に整えられたらしく、身体検査――すなわち衣裳検《あらた》めには、近くの民家が当てられたが、場所によっては取り調べに女手が間に合わず。男の役人が担当し、閉された室内からの女の悲鳴や泣き声が上がり、好色そのものの顔をした男たちが出入りする有り様であった。

「何があったんだろうね」

「お侍がたくさん死んだとかいう話だ。こりゃ長引くぜ」

「辻斬りがお縄にかかるといいんだけどねえ」

「それより、お城の武芸大会は二十日とちょい後だ。そろそろ色んなとこから物騒な連中が集まってくるぜ。いっそ、そいつらもとっ捕まえてくれると、ここも静かになるんだがよ」

そんな城下の声とは無関係に、ある隠れ家で十兵衛はこんな会話を交わしていた。

「武芸大会に参加する連中もいい迷惑であるな」

「城の役付きに知り合いがある者は別ですが、無名の武芸者は審議を経なければなりませぬ」

広い室内に姿なき左源太の声が渡る。

「大方の予想はどうだ？」

「そればかりはいまだしでございます。二、三の勘定方の縁戚《えんせき》に、達人がいると耳にはさみました。単に名前を上げるため、顔を売るための者はひとりもおりません。切羽詰まった武芸者たちの、真に生命を賭けた闘いの場になりましょう。ですが、裏で奇怪な人間《ひと》をこしらえる一方で、表向きにかような大会を開く意図が、いまだに解せませぬ」

十兵衛は沈黙を通した。武芸者同士の闘いは死闘になるだろう。多くの生命が失われ、多くの死体が出来る。身寄りがあり、連絡が取れる者はともかく、そうでなければ無縁墓地に葬られる。

「百姓の死体よりは、使いでがあるという次第でしょうか」

そこで忍びの声は絶えた。理由は十兵衛にもわかっていた。

障子に人影が映り、

「光雲でござる」

「お入り下され」

十兵衛も居住まいを正して、家の主人を迎え入れた。藩の眼を逃れるべく、十兵衛は藩の剣術の師範を選んだのである。光雲も快く受け、離れの一室を与え、家人にも固く口止めした。上層部の企みに薄々勘づいていたらしく、批判的でもあるらしいが、大した度胸といえた。

「派手におやりになったらしい」

苦笑を浮かべている。

「城から使者が参りました。市中の瓦、どぶ板全てを剥がしても、下手人を捜し出すとのことです。外へ出るなとは申しませぬが、十分にお気をつけ下され」

「ご厚意《こうい》感謝」

十兵衛は頭を下げた。光雲は眼を宙に据えた。寂寥があった。

「貴公が斃した二名の師範代——田向進右衛門と熊谷弥五郎は、藩が据えた者じゃ。彼らが普通の人間《ひと》でないことに、私は気づいていた。そして、彼らは次々に門人を打ち殺し、他流試合を求めて来る武芸者も手にかけていきました。藩に抗議しても、好きにさせいとの返事でござった。何か尋常ならざる企てが進んでおる。そう思案した私は、死体の行方を調べさせました。柳生殿、彼らが打ち殺した死骸は無縁墓地に埋めた後、すべて掘り起こされていたのです」

十兵衛は、それを知り、それに耐えてきた老剣士の心情を思った。

いまだ剣は道を求めていない。道場と呼ばれるのは後で、今は稽古場だ。だが、そこで死者が生まれ、仏への道を歩む前に妖物として蘇生させられてしまう。剣の学舎《まなびや》は死者の製造所と化していた。

隻眼の廻国武芸者の素性に彼は気づいていた。

「よろしうござる。万々ご安堵の上、好きなだけご滞在なされ、柳生十兵衛殿」

隠れ家を求める本多牛兵衛に、彼はこう言って笑った。

そして、いま彼はこう続けた。

「近頃、市中をうろつく辻斬りについても、それがしある思いを抱いてござる。昨日の貴公の話――すべて信じ申す。柳生殿、我が藩は魔に魅入られてしまったものか？」

「かも知れませぬな」

十兵衛も嘘のないところを返した。

「公儀に知られれば、取り潰しは必定《ひつじょう》。柳生殿、次々に死体を生み出す目的は、不死の軍勢を作ることでござるな？」

「いかにも」

やや首を傾け、考えこんでから、

「天に唾する企てを」

と吐息のように吐いた。十兵衛を見据えて、

「柳生殿――貴公は何故ここに留まっておられる？」

「その企てとやらを防ぐためでござる」

「しかし、もはやいかなる剣の及ぶところでもありますまい」

「左様」

「暫時、お待ち願えぬか？」

意外な申し出に、十兵衛は眉を寄せた。光雲は決意の表情を隠さず、

「公儀も石仏《せきぶつ》ではあり得ぬ。すでに忍びを領内に送り込んでいるはずでござる。となれば、全てがその耳に入るのは遠い日ではござらぬ。貴

公にはそれが公儀へ届けられるのを食い止めて頂きたい。その間に、それがし生命に替えてご家老以下のご重臣と殿を説得してみるつもりです」

「失礼ながら、無駄でござる」

十兵衛は、はっきりと言った。

「……」

「睦殿の生命を万捧げても、ここまで動き出した企てを覆すのは、無理と存ずる」

「殿の妻、お千代はそれがしの娘でござる」

「——ほお」

とは応じたが、その内容に少しも感じるところがないのは、石のような表情でわかる。

「三つの稽古場を任せられておられる理由が、それでわかり申した。しかしながら、奥方のひと声で公儀相手の闘いをやめるような男なら、最初《はな》からかような企てを実行に移しはしますまい」

「承知の上でござる」

「妙義守様と刺し違えるご存念でござるか？」

「——左様」

「拙者、過日、領内を脱出したさる女性を救い申した。その家族も同じ秘事を知って、藩の手で惨殺された由《よし》。娘の言にいわく、死者蘇生の法を成すはひとりの異人である、と」

「おお」

「この言葉に偽りがないことは、拙者の手の者がその眼で確認しております。恐らく貴公がお耳に入れられた藩士惨殺の下手人は、この柳生十兵衛にござる。彼らは一夜にして消滅したさる家の跡地で待ち構えておりました。狙いは拙者に非ず、公儀の手の者でござろう」

「やはり――」

こう呻いて、光雲は険しい眼差しを十兵衛に当てた。

「して、貴公も隠密と通じておられるか？」

「誓ってそれはござらん」

「金打《きんちょう》を願えるか？」

十兵衛はうなずき、三池典太の刀身を少し抜いてから勢いよく戻した。光雲は脇差を使った。

「その女性の口から公儀に洩れたということは？」

「あり得ますが、それにしても動きが早過ぎる。拙者がそれと知る以前に公儀が勘づいていたと見るべきでしょう」

ふむ、と言って光雲は腕組みをした。障子の向うで鳥の声がした。

「正直、かような企てに重臣の全てが加担したとは考えられませぬ。まだ存ぜぬ方々もおられよう。いま、ご領地に必要なのはそちらでござる。殿をいさめる気骨《きこつ》の主をご存知ありませぬか？」

打てば響くとはこのことか。光雲の表情がかがやくや、

「城代家老二名のうちのひとり――皆川《みながわ》千城様。この方を除いて適役はおりませぬ」

「まずはその方に」

「それがしが話してみましょう。信頼のおける御方だけに、柔軟なものの見方にやや欠けるところがござってな。いわゆる頑固一徹《がんこいってつ》」

「誠に結構なお人柄」

十兵衛もお上手を言った。勘どころである。

「そうと決まれば一刻の猶予もならぬ。幸い、ここ数日、風邪を引いてご自宅に伏《ふ》しておられると伺った。これからお訪ねして参ろう」

「お送りいたそう」

立ち上がりかけるのを、片手で制止し、

「いや、貴公のその眼は、今となっては目立ち過ぎる。ここはそれがしひとりにお任せ下されい」

「承知承った」

と戻ってから、

「ところで、半月後の御前試合のために腕自慢が次々と当城下へ参集しておるらしいが、正直、藩の狙いは何とお考えか？」

「純粋に無辺《むへん》の者を取り立てるためと存ずる」

十兵衛は、彼が信じる返答を受けた老武芸者の心中を思った。それが彼の口を封じた。安堵が老武芸者の眼をうるませた。

やがて十兵衛はこう言った。

「お気をつけられよ。光っておるのは公儀の眼ばかりではござらぬによって」

皆川千城城代家老の屋敷は、光雲の家から西へ徒歩半刻の咲和田町にあった。

武家屋敷が建ち並ぶ一帯でも、家老のものとは思えぬ質朴《しつぼく》な造りの家であった。はたして、千城は両眼を吊り上げ、

「さような戯言《たわごと》よりも、口にするお主が許せぬ」

と睨みつけた挙句《あげく》に、刀掛けの一刀に手をか

けた。

「市中にかような話が片々でも流れたら、その責はおぬしにあるとして、厳しく罪に問うぞ」

小半刻にも満たぬうちに、光雲は唯一の希望の下から退去せざるを得なかった。


千城の屋敷から数分のところに、短いが急な坂が走っている。昼過ぎの白い光を浴びながら、石段の半ばで千城は足を止め、一刀をやや前に押し出してから鯉口を切った。

尾けられていると感じたのは、千城の家を出てすぐだ。千城を見張っていた間者《かんじゃ》かと思ったが、千城が放った密使《みっし》という場合もあり得る。藩の上層部が、目的のためには、あらゆる権謀《けんぼう》術数を駆使して恥じぬということを、彼は知り抜いていた。

左方は石堀である。

右方で枝葉が騒いだ。

低い呻きが流れた。常人の耳には届かぬ微音だが、断末魔の響きだ。

そちらへやった眼を、光雲は坂下へ向けた。石段の真下に深編笠の武士が立っていた。破れてはいないが、くたびれた衣裳をまとっている。

冷たい水が光雲の首すじを通った。

男が上りはじめた。

同時に光雲も下りる。

残り七段。

六段。

光雲は相手の正体が掴めずにいた。剣人としての感覚が、得体の知れぬものと認識したものの、敵かどうかはわからない。柄に手もかけていないのだ。だが、危険な存在なのは確かだった。

五段。

中条《なかじょう》真流は、中条兵庫頭《ひょうごのかみ》長秀《ながひで》を始祖とする中条流の一派と見なされるが、出自はより古い中条家流兵法である。長秀の腹違いの弟・長房《ながふさ》は長秀以上にこの根本を突き詰め、上段の技に著しい特徴を備えた新流を編み出し、真流と名付けた。

これには皆伝《かいでん》の者だけが知る秘技があり、光雲はいま初めてそれを駆使しようとしていた。

向うも上がって来る。

すれ違うのは——

四段。

同じ段を踏み——並んだ。

光雲の肩に、ぺたりと手が置かれた。

光雲の身体は苛烈な修行の動きを正確に反映した。抜き打ちの秘技は男の背へ飛んだのである。

その寸前——何百分の一秒間、彼の動きは止まった。

「斬りはせぬ　斬りはせぬ」

肩に置いた手の主はこう言った。

光雲の居合は、恥辱よりも恐怖のためであった。

空を斬る手応えが伝わった。

男はすでに五段目から六段目に移ろうとして

いた。

立ちすくむ光雲の耳に、

「斬りはせぬ　斬りはせぬ」

と侘しげな後ろ姿の声が、ひそやかに鳴り響いた。

なお白い午後の光の中で、中条真流の遣い手——睦光雲は、それこそ居場所を間違えた死者のごとく立ちすくんでいるのだった。

2

それから三日間、騒然たる市中をさらに煮えくり返らせたのは、諸国から集まる武芸者たちであった。

殆どが弊衣《へいい》蓬髪《ほうはつ》、近づけば異臭ぷんぷんたる男たちが続々と城へと向かい、その前庭に設けられた受付所に並んで、書面に名と流派を書き込んで行くのだった。

その大半は木賃宿を選んだが、野宿や寺社に塒《ねぐら》を求める者も多かった。風紀はたちまち乱れた。あれほど厳しかった浮浪者への詮議も何故か絶え、殺伐たる雰囲気の塊のごとき連中の横行を怖れて、戸を閉める店が続出した。

四日目の昼近く、睦道場へ彼らの一団が訪れ、試合を請うた。そもそも武芸者、兵法者とは単身に決まっているのだが、身につけた流派が同じ、或いは同根である場合は各々意気投合し、徒党を組む。その方が強訴しやすいのである。

宿代の踏み倒し、無銭飲食、武具の強奪——

武芸の果てに自らを磨こうとする高邁《こうまい》な理想など口先でしかなかった。

睦道場へ押しかけた四人の武芸者たちの目的も、試合に勝利した挙句の金品と塒の確保が目的であった。

「よろしい」

と師範代は受けて立った。

二人はあっさりと敗れたが、三人目で相討ちとなった。相手は手首を、師範代は右肩を脱臼したのである。

四人目が立った。

「二階堂平法《にかいどうへいほう》。滝口寿才《たきぐちじゅさい》」

荒々しい名乗り同様、小柄な肉体から立ち昇る気迫に、道場は沈黙した。

二階堂平法は中条流から発したと言われる一派で、二階堂家が岐阜の稲葉城主であった関係から、西美濃《にしみの》十八将のひとりだった松山正定《まつやままささだ》の一族、松山主水《もんど》犬吉が極意を得、それまで学んでいた源流剣術を加えて、新しい二階堂平法ともいうべきものを創始したといわれる。

これがいかに優れた剣法であったかは、松山主水が後に仕えた熊谷《くまがや》城主・細川忠利《ほそかわただとし》が、これを学んで以後、剣の師であった柳生但馬守宗矩にも勝ちを納めるようになり、

「何故かように早く技巧者《わざこうしゃ》になられたか？」

と宗矩が首をひねった——こういう言い伝えがあるくらいだ。

はたして、打ち合って七・八合のうちに師範代は肋骨を砕かれ倒れた。

「次は睦師範に願おうか。それが嫌ならば百両

——出なければ看板を貰っていく」

このとき、光雲も十兵衛も稽古場にいなかった。門弟たちはその存在すら知らない。

「さあ、どうする？」

と場内を睥睨《へいげい》する寿才へ、意外な場所——彼が入って来た戸口から、お待ちなされと声がかかった。

立っていたのは総髪の武芸者であった。寿才と同じ袖無し羽織に小紋、野袴《のばかま》といった旅装《りょそう》だが、こちらは仏像みたいに整った顔立ちのせいか、荒んだ雰囲気はかけらもない。

すがめに一瞥《いちべつ》してから、何者だ？　と尋ねる寿才へ、

「いま外から拝見していた者だ。無限流・三田村《みたむら》馳也《はせや》と申す」

静かに名乗って、

「おぬし、看板と金とどちらが所望《しょもう》じゃ？」

これも静かに訊いた。

寿才は眼を丸くしたが、即座に、

「金だ」

と応じた。

「看板は食えんでな」

「見下げ果てた男だな」

「何い？」

「良い。わしが相手になろう。勝ったら好きなようにせい」

一同騒然となる中、寿才が呆れたように、

「敗けたらどうすればいい？」

「何もできぬよ」

どん！　と静寂が落ちた。寿才が自分を指さ

し、

「死ぬか——おれが？」

　馳也は答えない。

　寿才は笑顔になった。動揺は瞬時に食い止める。武芸者の資格であった。

「大した自信だ。いいだろう。だが、おぬしが敗けたら、おれには何が手に入る？　銭にもならぬ生命のやり取りなどご免蒙る。金はあるのか？」

「ない」

「では断わる」

「これをつかわそう」

　馳也は大刀を掴んだ。

　赤鞘のこしらえを見て、寿才の双眸が凄まじい光を放った。

「それは——則重か？」

「左様。呉服郷則重《ごふくきょうのりしげ》の長物じゃ」

「おおお——欲しい。欲しいぞ。いや、貰った」

　木刀片手に稽古物の真ん中に進んだ。三田村馳也もまた門弟に一礼し、近くの刀掛けから一ふりを選んで続いた。

「いざ」

　寿才が青眼に構えるや、

「おお」

　馳也も同じく木刀をのばした。

　場内を包む異様な緊張のほとんどは対決の結末に対してのものだが、わずかに、馳也の佩刀《はいとう》に関する分もある。

　後世に伝わる則重の銘刀のほとんどは短刀であって長物はひどく珍しい。それはこの時代でも同じなのであった。呉服郷の名は、鎌倉末期に越中国婦負郡《えっちゅうごくねいぐん》呉服郷に住んだことによる。鍛冶《かじ》としての実力は、兄弟弟子とされる行光、正宗に匹敵し、則重肌と呼ばれる刃の鍛肌《きたえはだ》は、月光にさらしたとき、両者を凌ぐかがやきを放つと賛美する者が絶えない。

興奮にたぎる勝負は一瞬でついた。

互いに右へ位置を変えた二人は、殆ど同時に打ってかかった。寿才は上段にかざして馳也の首すじへ、その下へ踏みこんだ馳也の突きは、一瞬早く寿才の喉元を貫いていた。

百畳の大稽古場の半ばから端まで吹っとぶ身体は、凄まじい見ものであった。

打ち据えられた仲間三名が、その名を呼びながら駆け寄ったとき、寿才の呼吸《いき》は絶えていた。

「失礼いたした」

木刀を戻し、師範代に一礼すると、馳也はふり返りもせず稽古場を去った。

遅れて死体を担ぎ上げた三人組が追った後、なおも混沌の気が渦巻く道場へと続く通路の向うで、

「無間流・三田村馳也――凄まじい遣い手でござるな」

荘重《そうちょう》な壮年の声に、

「まこと。あの突きは三浦源之丞《みうらげんのじょう》直伝のものか」

何処から疲れ果てた老人の応答が流れた。昨夜来の外出から戻った十兵衛と、光雲であった。

十兵衛の居室へ入ると、光雲はがっくりと正座から前傾した。

四日前、皆川千城の屋敷から戻って以来、この調子だ。家人も気にかけて医者を呼んだが、急速な気の病いというだけでそれらしい薬を与えたきりであった。無論、効きなどしない。

十兵衛だけが一歩進んで、精神《こころ》の崩壊と見抜いた。光雲の精神を支えていた武芸者の誇りと自信の二柱を、何者かが打ち砕いてしまったのだ。

戻って来てから虚脱状態にあった光雲から、十兵衛が不気味な深編笠の話を聞いたのは昨夜のことである。

――あ奴か？

胸に閃くものがあった。やはり来ていたのか⁉

冨士枝のいう三兄弟がこれで揃ったのか。御《お》上《かみ》自ら死者を造り出し、それを蘇生させる。そんな妖風吹き荒れるがごとき城下へ、荒くれどもが集い、加えて、殺人鬼ともいうべき長男を筆頭とする三兄妹が不気味な花を活《い》けるとは。

――さてどうなるか、この領地《くに》は？

十兵衛の胸中は黒い雲に塞がれた。

五日ほど経った晩のことである。

宿の飯が終えると同時に、城下には数組の武士たちの集団がうろつき廻ることになった。

単なる市民への威嚇もあったろうが、真の理由は辻斬り退治である。少し前にさる神社近くで斬り合いがあり、夜廻りの役人が駆けつけると、凄まじい血痕が残っていた。

下手人も被害者の姿もなく、それ以降、殺人は絶えている。

　この話を聞いた腕自慢たちは、みなこう思った。

　――すると、今夜は出るかもしれんな
　――試合前に名を売る機会じゃ
　かくて月光と星明かりの下、市中の夜は物騒なのかそうではないのか、さっぱりわからなくなっていたのである。

　仕立屋、紋染《もんぞめ》師、下駄屋、型彫《かたぼり》師等の看板や屋号が夜風にゆれる町人の町――建家《たてや》町の一角であった。

　今夜の治安担当者は、提灯を手にした三名の武芸者であった。

　三人とも酒が入っているが、景気付け程度でやめたという自覚があった。

「出るかのう」

　ひとりが大刀を確かめ、

「腕が鳴るわい」

　もうひとりが短槍をしごいた。すでに槍袋は取ってある。

「試合前に仕止めておけば、闘わずしてお召し抱えになれるかも知れぬぞ」

　三人目が両の前腕につけた黒い革袋を撫でた。釘のように平べったい頭が覗いている。

「おっ⁉」

　同時に提灯をもたげて、眼を凝らした。街灯などはない。月光と星明りがなければ、せいぜい足下を照らし出す程度の光量だ。

　六間（一〇・八メートル）ほど前方に、道の左側からふわ、と深編笠の人影が現われたのである。

三人組が身構えた。

風が顔を叩いた。

相手は両手を垂らしたまま、平然と進んで来た。伝わってくる殺気も緊張感も皆無である。

「こ奴――違うのか？」

剣の武士がささやいた。

「用心せい」

槍遣いは警戒を緩めていない。

「名乗り合うてみるか」

革袋の男が、素早く通りの反対側へと走った。

道幅は五間（九メートル）距離は四間にまで近づいている。

槍遣いが通りの真ん中に移った。

深編笠は立ち止まった。

「御用かな？」

渋い声が、三人組に意外の感を抱かせた。三人の武装グループに行手を塞がれ、怯えの気配もない。それどころか――声には愉しげな響きさえあった。

刀の武士が、

「我らは、町の警護に当たっておるものだ。おぬし、何処から出て参った」

「そこの脇路《わきみち》でござる」

「ここで何をしておる？」

「狩りでござる」

「狩り？」

三人組の緊張がゆるんだ。同じ穴の貉《むじな》と思ったのだ。

「辻斬り捜しか」

革袋が左手の袋から右手を遠去けた。

「この辺りは、わしらが廻っておる。早う去《い》ね」

刀の武士が頭ごなしに命じた。

「狩人《かりうど》狩り」

そのひとことの意味に三人が気がつくまで、少し間があった。

「お、おぬし？」

深編笠の下でその唇が笑いの形に歪んだが、三人の眼はそれを見ることが出来なかった。

「辻斬りか？」

三人は素早く走って円陣を形成した。

正面に刀の武士、右斜め後方に革袋、左に槍遣い。

町の片隅にぎり、と闇と殺気が凝集した。

3

「貴様も同類のようだな」

刀の侍が切尖を深編笠の方に向けて言った。

「御前試合までに頭数を減らして行く算段か。だが、自分が真っ先にじゃ、笑い話にもならねえぞ」

「斬るとも　斬るとも」

「ほほお」

刀の侍の眼が血光を放った。

「こっちもそのつもりだ」

「名前　名前」

三人組は、こいつ酔いどれではないかと思った。この状況でまだ嬉しそうだ。

「よかろう。おれは富田流・木住六角《きずみろっかく》」

続いて、槍遣いが、

「それがしは、佐分利《さぶり》流槍術・村越参座《むらこしさんざ》」

「拙者、願立流《がんりゅう》手裏剣術・田山文平《たやまぶんぺい》」

言うなり、田山の右手から白光が迸った。左手首の革袋から抜いて打つ手裏剣は、しかし、手裏剣ではなかった。五寸釘であった。手裏剣術を標榜《ひょうぼう》する者が、使用に適した手裏剣をそれなりの数入手するのは困難が伴うが、五寸釘ならどこでもたやすく手に入る。しかし術と名乗るほどの域《レベル》に達するには、稽古を超える修練が必要であろう。田山はそれをやり遂げたのであった。

だが――ひとすじの光と見えた釘の流れはことごとく打ち落とされた。


「うっ⁉」

呻いたのは村越参座だ。田山の攻撃と同時に、彼も深編笠の腰へと長槍を突き入れたのである。

深編笠は槍穂の口金の下を握った。槍は停止した。いつ右へ移動したのか、村越にも見えなかった。

深編笠の刀身が躍った。切り離した槍の穂を彼は村越へ投げた。それは槍遣いの心臓を貫き、彼を即死させた。

棒立ちになった田山を無視して、深編笠は木住六角に向き直った。

「どうした富田流――同門は死んだ。おまえも続かねば、顔向けできまい」

深編笠は、木住と村越の流派が同根だと言っているのであった。

富田流の祖・九郎左衛門《くろうざえもん》の長家には、二子あって、兄・五郎左衛門勢源《せいげん》の下から、鐘巻《かねまき》流・鐘巻自斎《じざい》、その門下の一刀流・伊藤一刀斎、及び厳流佐々木小次郎が出ているとなれば、それだけで剣術史に遺るが、槍術にも長けて、戦国時代に富田午生《とみたごせい》なる名人が出た。彼に学んだ佐分利猪《い》之助重隆《のすけしげたか》が佐分利流を興し、石田三成《いしだみつなり》の乱に際して津城へ立てこもり勇名を轟かせた。同根とはこういう意味である。

「田山――田山文平――釘を投げろ」

木住は叫んだ。

だが、彼はすでに気がついていた。五寸釘の名手は、地に伏していたのである。その喉笛と心臓に、二本の五寸釘が生えていた。田山が打ったそれを、深編笠は彼自身に打ち返したのである。

だしぬけに木住は身を翻《ひるがえ》した。三十六計の次の手を選んだのだ。

身を屈め、村越の死体から槍の穂を抜き取ると、深編笠はそれを木住の後ろ姿に放った。

木住のかたわらにもうひとつ人影が浮かんでいた。

その右手が一閃するや、槍の穂は地を刺していた。

深編笠はもう走り去る木住を見ていなかった。

「辻斬りの姿形はおぬしと違うが、その手並み――人間《ひと》の技とは思えぬ。同類と見なす」

と影は言った。

「それがしは無限流・三田村馳也――名を聞いておこう」

「蘭堂不乱」

深編笠はこう名乗って、

「流儀は自己流だ」

馳也が抜いた。

戦国時代の武者・西惣兵衛宗久が編み出した無限流。鎧ごと人体を断つ豪放なひと太刀には、伝統的な名刀・臥猛《がもう》が使用されたという。

いまは則重。月の光を刀身が吸い取った。

深編笠――蘭堂が唸った。感嘆の呻きであった。それに力を得たかのように、馳也が地を蹴った。

十分に体重と加速を乗せた一撃を、蘭堂は間一髪で躱わした。笠は二つに裂けて顔が覗いた。

青眼に構えて、肩でひとつ息をする。その肩間《けんかん》から鼻柱にかけて黒いすじが流れ、鼻のつけ根で網の目のように広がった。

「斬られましょう」

蘭堂は奇妙なアクセントを使った。

「斬られましょう　斬られましょう――初めて斬られましょう」

こちらの神経に触れ、逆上の突進を誘うかのような声であった。

チン、と鳴った。不乱が刀を納めたのである。

中止の意ではない。

居合だ。

馳也も続いた。受け入れたのである。無限流は居合も含む。

闇が濃さを増した。

雲が月に隠れる――名残りは二すじの閃光であった。

ひとつの影の刀身は鞘に吸いこまれ、もうひとつの影のそれは地に落ちた。

「勝った」

つぶれたような声に、地に伏す重い音が続き、やがて、

「勝った」

ともうひとつの声が通りに流れた。


四半刻後、武家屋敷が建ち並ぶ西町を深編笠は歩いていた。殺戮の愉悦《ゆえつ》を浴びたせいか、ひどく落ち着いた歩みであった。

そこを曲がれば、城代家老・宮武摩季の屋敷というところで、想像もつかぬことが起こった。

四半間と離れていない背後から、

「見たぞ、見たぞ〜」

揶揄《やゆ》するような声がかかったのだ。深編笠が愕然となったのは、今の今まで背後には何の気配も感じなかったのと、それが女の声だったからである。さらに――

「富士枝だな⁉」

「大当り」

深編笠は風を巻いてふり返った。

「ほーっほっほっほ」

笑い声は、またも背後でした。

「出て来い！」

「ほーっほっほっほ、人斬りの腕は上がっても、妹の姿は見えないとは――修行不足じゃぞ」

「今まで何処に――いや、何しに来た？」

「それはこっちが訊きたい。いえ、あたしより

賢祇がな」

崩壊の呪文を耳にした泥人形のように、不乱は立ちすくんだ。

「賢祇——賢祇、奴はどうしている？」

「さあて。だが、追いかけて来るぞ、あたしたちを」

「何処だ？」

「とぼけるにも程があるぞ、兄上様」

妹の声は嘲笑に変わった。

「親殺しの張本人。あたしも見て見ぬふりしてたから同罪だが。あの堅物は許しちゃくれないな」

蘭堂の身は震えていた。未曽有の恐怖がその全身を包んでいたのだった。

「だが、おれがここにいることは——」

「あたしにはわかった。何となくだがな。なら——賢祇だって」

「……」

「お困りのようだな。ここで何を企んでる？」

「耳を貸せ」

「はあい」

躊躇ない答えは、熱い吐息となって蘭堂の耳に吹きつけた。

刹那、彼の上体は大きくしなって、抜き打ちの白光が闇を裂いた。その背後で、

「またまたあ——兄妹でも容赦がない。この親殺しめ」

「ぬかしたな」

不乱は肩で息をついた。

「正直に話してしまえ。でないと、一生こう

やって付きまとってやるぞ」

「一生――か」

またも呪文めいたひとことが、不乱の身体から何かを抜き取ったかのようであった。声には悲哀がこもっていた。

「おれたちの一生――それはいつ終わる？」

「さあてね。考えても仕方がない。いつか――或いは、いつまでもだ」

不乱は無言で一刀を納めた。

「おれは人を殺さねば血の狂いを止められん。おまえは他人《ひと》を好いてはならぬ、そして、賢祇はおれを斃すまで、おれを追い続けるだろう。おれたちは、何故生まれて来たのだ？」

「そんなことを考えても仕方がない」

富士枝の声にも、少し翳があった。

「みんなその答えを出せないまま、一生を終える。少なくともあたしたちには、彼らより考える時間《とき》があるけれど、答えは出ぬままだ」

彼らは魔人だ。闇の中でしか語ることが出来ぬ。その言葉を聞く者もなく夜ばかりが彼らを呑み込んでいく。

「上手く取り入ったらしいな、この領地の支配者に。だが、御用心――兄上を狙っているのは、賢祇だけではないぞ」

「あの隻眼《かため》か」

賢祇の身体が震えた。富士枝が、へえと唸った。

「あの男――山を下りて初めて会った怖るべき遣い手よ。刃の鋭さを思い出すと今でも身震いを禁じ得ぬ。わしの望みを果たすためには、まず斃さねばならぬ敵だ」

「殺《や》るか？」

殺気を含んだ声が耳元で鳴った。

思わずふり返った男は、一間と離れていない路上で、悪戯っぽく笑う女の顔を見た。信じられぬことだが、女は彼の背中に貼りついていたとしか思えなかった。

「愚かだな、わしも。いま、気がついた。なぜ、彼奴を知っておる？」

「二度会うた」

富士枝は妖しく笑った。

「愉快な男であった。荒み切った私の心にもすうと入りこんで来るような頼もしさがあった。だが――」

「だが？」

「兄上の目的には邪魔になろう。始末すべきである」

「ほお、おまえがわしのために働こうというのか？　地が裂け天が落ちてくるぞ」

「ははは」

「話によれば、気に入った男のようだ。それを何故討とうとする？」

「あたしは、この世の者たちと同じ生き方をしたいと思ってきた。だが、山を下りる前から、無理だとわかってもいた。その考えは今も変わらぬ。ならば、あたしは、私流の生き方でこの世を渡っていかねばならぬ」

「だからといって、あの男を殺める必要はあるまい」

ふと、富士枝は遠い眼をした。

不乱の身体がひと呼吸《いき》でその位置を変え、立ちすくむ妹の喉に兄の小刀が食いこんでいた。

「女の油断の種は常に男よ」

と不乱は笑った。

「――おまえ、あ奴に惚れたな」

「さて」

富士枝は動揺の気配もない。

「兄上も、この世の生き方に毒されたと見える。私の喉を裂いて、はて何とする？」

「それもそうだ」

不乱は刃を引いた。

「では、次に会ったとき、彼奴の居所を教えよう。それまで腕を磨いておけ」

夜の化身のように身をひねって、富士枝は闇に溶けた。


一刀を収め、それを見送る不乱の周囲を悄然と風が巡った。

「何故生まれたのかはわからんが、後は我らなりの生き方をするしかあるまい。おまえの言うとおりだ。だが」

ここでひと息入れた。次の言葉には、ある思いが詰まっていた。

「賢祇よ、おまえなら――」

第七章　死影を負うて

1

その深更、柳生十兵衛は深い眠りから浮上した。

ほとんど同時に姿なき声がささやいた。

「敵が近づいております。二十余名。城侍でございます」

左源太である。

「承知」

十兵衛の返事には余裕があった。左源太の知らせの前に、決して眠らぬ兵法者の第六感が、同じ内容を言葉ならぬ凝集《ぎょうしゅう》情報の形で伝えたのである。

さらに、ここ数日、城下での検閲《けんえつ》や取り締りが異様に厳しくなり、旅人はもちろん、領内の者たちまで、その動きへの詮議は厳重を極めていたのである。

十兵衛の潜伏地は城下の面に外れにある百姓屋の廃屋であった。光雲が半ば廃人と化した翌日に、彼は屋敷を出たのである。

百姓といっても、支配階級に何もかも召し上げられる悲惨な状況は、多くが明治期の新政府が、前政府否定のために流したデマである。百姓たちの生活は飢饉等の直接的な打撃がない限り、さして悲惨なものではなかった。現にその百姓屋も、足軽《あしがる》のような最下級の武士の家に比べれば、倍以上の広さを持っていたのである。

戸外の狂気がその包囲を狭めてくるまで、十兵衛には十分に用意を整える時間があった。

「おれはおれで切り抜ける。おまえも構わず逃げろ」

「承知いたしました」

左源太の声が消えると、十兵衛は数を数えはじめた。

八つ目で、土間の板戸が蹴り倒された。

九つ目で十兵衛は立ち上がった。

足音が屋内に散らばり、十兵衛のいた座敷に跳びこんで来たのは十三を数えたときであった。

龕灯《がんどう》がこちらに向けられ、

「いたぞ！」

その叫びに屋敷内に散っていた他の連中が集合するより早く、十兵衛は走った。

状況に応じて敵がどのような攻撃を仕掛けてくるかは手に取るようにわかる。それに頼っていれば、万にひとつ異種攻撃がかけられたとき、致命的な事態が生じる。予測は全て断ち、十兵衛は臨機応変を採用していた。

十兵衛の突進に、最前列の三名は後退し、後ろの二名にぶつかった。他は十兵衛の動きに合わせようと足に力を込めるが、却って固くなった。

予想通り上段から斬りかかってくる刃を難なく躱し、弾いてから三池典太は攻撃に転じた。

目標は肉体から最も突出した場所であった。

一刀を掴んだ自分の手首が消えてなくなるの

を理解できなかった武士たちは、その後から襲う激痛にのけぞり、絶叫を放った。

上段、中断、下段――あらゆる位置へと十兵衛の刃は光の軌跡を描いた。龕灯が落ち、彼の姿は武士たちもろとも闇に溶けた。

外の五人を斬り伏せたとき、抑揚のない声が、

「ご用心」

と聞こえた。

左源太の身を案じる前に、十兵衛は戸口の前方五間ほどのところに立つ深編笠の影を捉えていた。

殺気が吹きつけてくる。

それは慣れている。

問題なのは――人間《ひと》以外のものだということだ。

「二度目でござるな」

深編笠がこう言うと、静かに笠を取った。

中から蘭堂不乱の顔が現われた。

「確かに」

十兵衛は両手を下げたまま応じた。

「貴公の下知か？」

背後から苦鳴と足音がやって来る。

「いま、ある御方の世話を受けておる。その方とどう話し合うても、貴公は邪魔者じゃ」

自分を納得させるように、二度うなずいた。

それでも十兵衛を貴公などと丁寧に呼ぶのがおかしいし、話し合わずとも邪魔なのは先刻承知のはずだ。

「では？」

「うむ。斬る」

すらりと抜いた一刀の構えに隙はない。十兵衛は驚いた。過去の一度きりの遭遇、冨士枝と賢祇の話から、剣は自己流と判断していたのだ。勿論、剣術の発祥を考えれば、流派というものは独学独自の工夫によって生み出されるのだろうが、それは天才の仕事であって、眼の前の人外の生きものが成し遂げるとは想像の外《ほか》だったのである。

だが——所詮十兵衛の敵ではない。向うもそれはわかるはずだ。十兵衛を真に驚かせたのは、その両足が大地から生えたかのような圧倒的な自信だった。

背後の気配が近づいて来る。

十兵衛が舞った。

肩口へ食いこむ折甲の秘剣を、不乱は青い火花を散らして受けつつ右へと走った。

——逃がさぬ

自分の決意を十兵衛は脳の中で聞いた。この男だけは生かしておけぬ。山の中から忽然《こつぜん》と野に下り、今は大藩の家老に取り入ったこの怪物だけは。

その決意をこめた剣は、不乱の反撃を許さぬ剛壮を帯びた。二撃目を受け、三撃目を合わせたところで、その迫力に不乱は大きくバランスを崩した。

首すじも肩も心臓も十兵衛の前にさらけ出されていた。

とどめも瞬時。

十兵衛はそのとき、ある匂いを嗅いだ。

銃声と同時に、右の貝殻骨《かいがらぼね》を背後から灼熱の塊が通り抜けた。

短筒を持った敵がいたのだ。十兵衛の嗅いだのは火縄の匂いであった。

心臓への突きをめざした右手を下ろしても、三池典太を放さなかったのは、さすがというしかないが、必殺の機会は失われた。

両眼に赤光を宿らせて不乱が上段から襲った。

刃の軌跡は、しかし急速に逸れて、
キン！

別のものを撥ね返した。

それを食らった背後の武士のひとりが右眼を押さえてのけぞり、それが短筒の主だったのは、出来過ぎといっていい。右眼を貫いたのは、黒くて重い――小柄とも手裏剣ともいえぬ武器であった。


真っ先に彼を見たのは、十兵衛であった。

茫々《ぼうぼう》たる野草を夜風が揺らし、男の顔面を覆った長い布の端をなびかせた。

「賢祇、ここまで来たか!?」

愕然《がくぜん》と不乱が叫んだところをみると、まさか今ここにという、正直な感覚であったらしい。

「兄上――帰りましょう」

と賢祇は静かに訴えるように言った。

「父上が我らをこしらえたあの深山幽谷《しんざんゆうこく》の地に。我らが生きられる場所は、あそこしかありませぬ」

「何というか、おまえはともかく、わしと富士枝はあのような鳥と獣しか通わぬ谷間が死ぬほど嫌で里へと下りたのだ。そして、わしはいま、真に世に出ようとしておる。この藩の大身の方の力を借りてな。おまえもそれに加担せい。さすれば、もはやその顔を隠して世をすねることもない。世の奴ばらに恐れ慄《おのの》かれることもない。おまえが奴らを慄かせるのだ。どうだ、良い話であろうが」

「恐れようと慄かれようと、私にはどうでも良いことです」

と賢祇は答えた。布の端がひらひらとその肩や首にまつわった。

「私の望みは、あの山の小屋で静かに一生を終えることでした。父上もそうだったに違いありません。ですが、兄上と姉上は、二人してその父上を殺め、山を下りられた。お二人がその持つ力を振るえば、この世を地獄と生じさせるのはたやすいこと。それを読んで、父上は私にお二人の成敗を託したのです」

「兄と姉とを殺めるのか、賢祇よ？」

「これだけは父上の負うべき科《とが》でございましょう。すなわち、我らのような者たちをこの世に生み出してしまったこと。今わの際に、父上が嘆いたのはそれでした」

「そして、我らを討てとおまえに命じたか？ははははは。好き勝手に面白半分に我らのごときものを造り出した輩が何をぬかす。賢祇よ、筋違いとは思わぬか。好き好んで災いを生んだ主が、その災いを呪い、災いのひとりに消却を命じるなど。いいや、筋違いなどでは軽い。非道だ、悪虐《あくぎゃく》だ。我らの父上とはそういう人物であった。そんな男の言いつけに従うなど、それこそ筋違いというものではないか。眼を醒ませ、賢祇よ。いかなる世でも、我らなりの生きる道も術《すべ》もある。ないと思うなら、道を拓《ひら》き、術を身につける他はない。わしはやるぞ。富士枝もな。おまえも参加せい」

賢祇の口調が変わった。

「父上は分をわきまえよとよく言っていた。今になるとその意味がはっきりとわかる。兄者、それを踏み越えれば、待ち受けるのは奈落《ならく》の底だ。帰ろう、兄上。おれはそのためにやって来た」

「富士枝と会ったか？」

不乱は薄く笑った。

「まだだ」

「あいつはわしと行動を伴にすると誓ったぞ」

賢祇はその場に棒立ちになった。

「どうする賢祇？　父上の遺言は、おれと富士枝の始末をつけろだったに相違ない。おれはともかく姉まで殺められるものか？」

「戻らぬとあれば」

賢祇の声にためらいはなかった。

「斬る」

十兵衛へ眼を移し、

「柳生殿、引き取ってもよろしいか？」

「お任せいたす」

十兵衛は三歩右へのいた。

そのとき、城下の方角から、鉄蹄《てってい》の響きが近づいてきたのである。

十兵衛だけは、その足音から只ならぬ騎乗者《きじょう》の力量を聞き取った。それは剣にもつながるはずであった。

二人の決闘者もそれに気づいて、道の方へ眼をやった。黒い騎影《きえい》が月光をとび散らせつつ敷地内へ走りこんで来た。

儀式祭礼のように絢爛《けんらん》たる衣裳を身につけた若侍であった。

百姓屋の戸口にまとまった武士たちの中から、源之丞《げんのじょう》――という名前が上がった。

「御用を承って城を離れておった。帰ってみれば、柳生の下へ人を送ったと。それはいいが、送られた者たちの名前を知って駆けつけた。勝負にならぬ、やめろとな。だが、こうして見ると、意外な局面を迎えたような」

聞いた女が酔いどれと化すような声で言ってのけると、若侍――藩主・妙義守端山の小姓・源之丞は、軽やかに鞍から下りた。

女のような切れ長の眼が不乱に止まって、

「柳生退治の話をしたらいつの間にかいなくなったと、御城代は気を揉んでおられたが、今のお立場を改めてご考慮願いますぞ、蘭堂氏。どうやら間に合ったようだ。しかし、そちらは――話に聞いた弟殿か」

視線を向けられた賢祇の身体が、一瞬、硬直したように見えた。

「そして、柳生十兵衛――さしもの剣も鉄砲には及ばぬとみられる。いま、祭台寺《さいだいじ》源之丞が引導を渡してくれよう」

「祭台寺」

不乱がきつい口調で言った。

「わしを捜しに来たようだが、邪魔をするな。いま手出しをすれば、うぬも斬る」

「これは異なことを」

美しい小姓は残忍そうな笑みを浮かべた。

「みどもは貴殿を守護すべく御城代より遣わされた者ですぞ。お気を確かに。それに、はたしてみどもを斬れますかどうか――おっ!?」

驚きの声を引きながら、源之丞は左手で眼前を拭った。

静かな動きであった。

しかし、鋭い音がして、その手には細い楔のような手裏剣が握りしめられていたのである。

2

「ふむ。ただの稚児ではないと見える」

投擲《とうてき》の姿勢から戻りながら、不乱が唇を歪めた。

「ところで賢祇よ。見てのとおり、この青二才《あおにさい》は少々邪魔者だ。そこでだ、わしとの決着をつける前に、わしらで始末をつけてしまわぬか？　なに、後は他の家来どもを殺し尽して口をつぐんでおればわからぬ。そこの柳生は少々厄介だが、どうだ、しばらく黙って見ていてくれぬか？」

とんでもないことを言い出したものだ。

源之丞は自分を救いに来てくれた味方である。その彼を邪魔だからと殺害し、家来たちも片づけよう――常人の考えることではなかった。

源之丞も十兵衛も賢祇さえ眼を丸くして声もない。

「どうだ、賢祇？」

「断わる」

ぴしりと返って来た。賢祇である。澄んだ目が兄を見つめていた。不乱はそれに怯えた。

「清廉《せいれん》な人物には見えぬが、兄上を救いに来たという。それを二人して討とうなどとは、それこそ人の道に反する悪業です。はっきりとお断り申し上げる」

「堅物めが」

と不乱は舌打ちし、源之丞は高らかに笑った。

「なんと性根《しょうね》の異なる兄弟であることよ。良い。二人揃うてご城代の下へと参れ。いま兄の申したことは、すべてなかったことにしよう」

「それも断わる」

賢祇は凜《りん》として、

「我が願いは、三兄《さんきょうだい》姉揃うて人の世から深山に身を沈める、それのみだ。兄上はもう何処へも行かせぬ。おぬしが邪魔をするならば、兄の手を借りずとも、拙者ひとりで処断する」

「これはしたり。みどもは兄上を連れ帰らねばならぬ。たとえ裏切り者の化け物であろうともな。では、まず、おまえを片づけてからにしよう」

源之丞は背に武器を負うていた。妙に長い柄であり、妙に太い鞘であった。だが、賢祇の武器も標準的な刀剣の範疇に留まるものではなかった。

「兄上、柳生殿――手出し無用」

刃を右に寝かせて、賢祇は滑るように進み出た。見事としか言いようのない足捌《さば》きであった。

見守る者たちから、あらゆる確執の念が消えた。兄が弟の戦いを見ているのではなかった。尋常な剣客が異形の剣客の戦いを見ているのではなかった。敵と味方の戦いを見ているのではなかった。

足をなお進めつつ、賢衹の刃が左へと移り、そこから源之丞の右胴へと流れた。受けたのは、上段から斜めへ落ちた流星であった。

鋼の相打つ響きが月へと吸いこまれた。

大きく左へ跳んだ賢衹の刀身は鍔元《つばもと》から失われていた。

「ほお」

不乱が呻いたのも道理。八双に構え直した源之丞の武器は、実に三尺を越える幅広の刀身を備えていたのである。それは薙刀《なぎなた》の刃《は》であった。

「私にふさわしい得物じゃ」

美少年は妖しく笑った。

「うぬの動きは読んだ。もはや逃れられぬぞ！」

彼は進み出た。出たつもりであった。

その場から一歩も動いていないと知って、美しい薙刀遣いは愕然と立ちすくんだ。

いや、それ以前に彼は動けなかったのだ。凄まじい衝撃がその神経を狂わせ、筋肉への指令を凍りつかせていた。

「うぬの、剣か⁉」

賢衹はうなずいた。

「ふむ——少々、力の方向を違えた。もろに当てれば、貴公は衝撃で意識を失っていたであろう。したが、拙者の刃をへし折るとは、人の世にも恐るべき遣い手はおるな」

賢祇の左手が肩へとのびた。刀はもうひとふりあった。

その背後で、もうひとつの戦いが展開しようとしていた。

不乱が十兵衛へと近づいていったのだ。

「つらつら案ずるに、やはりうぬこそが邪魔者だ。醜い小姓ともども始末しておこう」

構えた一刀は、右手の使えぬ十兵衛では、と思わせる殺気に充ちていた。

全員を地上から噴き上がった白煙が包んだのは、次の一瞬であった。

霧よりもなお白く、影さえ滲まぬその中で、

「十兵衛さま——こちらへ！」

彼の耳にのみ届く左源太の声であった。

「賢祇殿」

十兵衛も低く放った。

「参られい」

声の方へ走り出しつつ、背後に賢祇の気配を感じた。

蹄の音が近づいて来たとき、十兵衛は煙を抜けた。眼の前は裏門であった。

左源太が乗った他にもう一頭いる。賢祇の分は当然ない。

「奴らの乗って来た馬です」

「気が利くな」

先に乗ってから賢祇を引き上げた。

「ほお」

驚いた。体重が無きが如しである。超絶な体術の持ち主に違いない。

「行きます」

左源太が城下へと馬首を巡らせた。十兵衛は白煙の方へ目をやった。いかなる忍法の仕掛けか、なおも朦朦《もうもう》と立ち込める白煙の奥には、人影ひとつ見えなかった。

走りながら、背後の賢祇へ、

「なぜ、斬らなかった？」

と訊いた。源之丞のことである。その気になれば、大根を切るよりもたやすかったはずだ。

「よくわかりませぬ。兄姉以外の者を斬りたくはないのかも知れません」

十兵衛は少し間を置いてから、左源太へ

「当てはあるのか？」

と訊いた。

「はっ」

「何処じゃ？」

「お任せを」

城下へ入るや、三人はいったん馬を止めた。馬の疲労度が、左源太の馬と変わらぬことに、十兵衛はまた少し驚いた。

「おぬし――目方無しか」

「山中で木から木へと飛び廻っていく間に身につけた技でござる」

「ふむ」

何を思ったか、十兵衛は馬を下り、両手を腰の後ろで組むと、賢祇に背を向けた。

「これは？」

訝し気な巨漢へ、

「物は試しだ。目方のない者など、妖術の類でなければ信じられぬ。乗られい」

「し、しかし」

さすがに初めての経験だったらしく、賢祇はためらった。それより、武士たる者か、自分のような得体の知れぬ存在に平気で背を向け、おんぶしてやるなどと言い出すこと自体が信じられなかった。

十兵衛は腰を上下させて、また、

「乗られい」

「わかり申した」

巨体は下馬してから十兵衛におんぶした。

「ほお」

予想通りの軽さに十兵衛は感嘆した。

「よろしいか？」

「よろしい」

「では」

賢祇は下りた。

呆っ気に取られたように眺めていた左源太が、苦笑しつつ、

「こちらへ」

と闇の通りを走り出した。

そこへ辿り着くまで、三人は二本の川を渡り、五本以上の通りを進んだ。

やがて、黒い建物の影が通りの向こうに見えてきた。夜目にもくっきりと閉じられた門には、斜めに二枚の板が打ちつけられていた。

「あれは？」

「榛名志保殿の実家にございます」

と若い忍者は答えた。

十兵衛にとっても、それは予想外の、しかしよく考えてみれば、絶好の隠れ家であったろう。

藩の秘密を知ったが故に抹殺された一族の家

に逃げ込む——逃げ込む方はもちろん、捜索する方にも一大盲点に違いない。

　現に、それから十日の間、そこにこもって暮らした十兵衛たちの耳に、追求の足音など、かけらも迫ってはこなかったのである。

　食事は左源太が近隣の農家で握り飯等を求めてきた。

　屋敷に入って賢祇がまず最初に着手したのは、十兵衛の右腕の手当てであった。

「弾丸《たま》は抜けたが、貝殻骨が砕けておりますな。もはや右腕は使いものになりませぬ」

　賢祇は、傷口を調べてから告げた。

「これは困った」

　十兵衛の気も口調も変わった風はないが、やはり何処か重い。とりあえずならともかく、一生刀を持てなくては、十兵衛は剣士としてどころか人間としてもおしまいだ。剣ひとすじとは、そういうことである。

「医者を呼んで参ります」

と左源太も只ならぬ表情になったが、

「無駄ですな」

　一言の下に却下されてしまった。十兵衛も顔をしかめて、

「打つ手無しか」

「いや、ひとつ」

「——あるのか？」

「一度、鹿で試したことがございます。片足を折った鹿は、半刻とあけずに即座に快癒《かいゆ》し、走り去りました」

「真か？」

「嘘を申し上げても何もなりませぬ」

「——いま、出来るのか？」

「はい」

賢祇は、しかし、眼を伏せた。十兵衛は微笑した。

「尋常ならざる技だな」

もう読んでいる。

「左様。人間《ひと》に施したことはござらぬが、試す価値はあると存ずる」

「どのような技だ？」

賢祇は自らの肩に指を食いこませた。

「拙者の肉の一片で傷口を塞ぐのでござる。その効果は鹿で確かめてあり申す」

「それは便利なことだが——しかし」

十兵衛は首を傾げた。いかに豪放磊落《ごうほうらいらく》な彼とはいえ、賢祇の治療法はその思考の許容範囲を遥かに逸脱していたのである。

「十兵衛さま——鹿と人間《ひと》とは違います」

左源太が殺気立った声を上げた。賢祇に向けた眼には殺意が点っていた。

「どのような病状が現われるか見当もつかぬ手当てを——ましてや、かような」

「化物の手で、か？」

賢祇が、弄うように言った。左源太が返事に窮すると、

「尋常な法で治らぬ傷は、化物のやり方で当たるしかあるまい——いかがなされます？」

「試してみよう」

十兵衛は即決した。左源太は眼を剥いたが、何も言わなかった。

「では」

賢祇は素早く小袖の前をゆるめて、大肌を露出した。人間と変わらぬ色艶の肌であった。そこに小刀の刃を当てると、ためらう風もなく一寸四方ほどの肉を二切れ切り取ったのである。それから溢れる血へ顔を寄せて、彼は思い切り頬をすぼめた。出血はそれで絶えた。

血のしたたる肉を、彼は、

「ごめん」

まず十兵衛の射入孔《しゃにゅうこう》に当て、もうひと切れを背中――射出孔《しゃしゅつこう》に当てた。奇跡的に射出孔は、それでカバー出来るほど小さかったのである。

押し当てて十数秒、そっと手を放すと、異形の肉片は十兵衛のそれに半ば吸収同化されつつあった。

「効果がいつ現われるかは、正直わかり申さぬ。だが、さしてかかりは致しますまい」

それに応じる十兵衛の返事は、左源太を驚愕させた。

「痛みはすでに遠のいた。怖るべき効き目だな」

だが、動きは思うままにならなかった。右腕は麻痺《まひ》に陥った。いかに十兵衛が努めても、それから十日間、指一本動かせぬままであった。

手当てした翌日の晩、

「これを見られい」

賢祇は巻いた布に手をかけた。

「見なくても良いが、見れば拙者のすべてがわかり申す」

「拝見」

と十兵衛は応じた。

そして、二、三度眼をしば叩いたこのとき、子供でも彼を斬れたかも知れない。同時に目撃した左源太は、ひとつ息を吸ったきりだが、木から木への跳躍の途中であったなら、真っ逆さまに地上へ落下していたに違いない。

「ご意見を」

と賢祇は布を巻き直しながら尋ねた。

「凄まじいものだな」

「まことに」

十兵衛、左源太の順である。

「二度とご覧になりたくはありますまい」

「正直、そう願いたい」

「真っ平だ」

布の下で、賢祇の眼が和らいだ。

「嘘いつわりのないお言葉――嬉しく存じます」

そして、

「他の者はもっと率直に――十人中十人までが眼を廻して倒れよりました。中には発狂した者もおるのでは、と。ですが、自ら顔をさらしたのは、お二人が初めてでございます」

長い物語が、ここから始まった。

賢祇の父は、異国の医師であった。彼は若い時分から生命の神秘について考え抜き、ついにその謎を解いた。父の手から何体もの人造の人間が誕生したのである。だが、それはすぐ世間に知られることになり、彼は美しい人造の女とも国から国へと、逃亡の日々を送った。そして十兵衛も知る阿和陀《オランダ》――アムステルダムという港町の近くで、同じ生命の秘密を知り、これまた、生命の創造に研鑽して熄まぬ、やはりお尋ね者の医師と知り合ったのである。彼の名はザーレスと言った。

彼らはアムステルダムの墓地から埋葬されたばかりの死体を掘り出し、それを繋《つな》ぎ合わせて一体の人間を完成させると、見事復活させてのけたのだ。人体の場合は、すでに壊死《えし》、腐敗の進んだ部分もあったせいである。

だが、やはり生死を司るのは、人間以外のものの業《わざ》であるのかも知れない。

ある夜甦ったそれは、はなはだしく全身のバランスを欠き、顔立ちは悪鬼のごとくに崩れ、しかも、その精神《こころ》は人間以外のものに変わっていた。

二人がそれを破壊しなかったのは、他の例に慣れていたからだ。父もザーレスもすでに十体以上の創造物を手掛けていたのである。

しかし、それは、意識を備えるや二人の殺害を企て、抵抗に合うと実験場から逃亡、数名の村人を虐殺した上で、落雷《らくらい》に遭って再度の死を迎えたのであった。

官憲《かんけん》の手が迫って来た。

父は罪に服そうと主張したが、同僚はあくまでも逃亡を唱えた。

捕らえられれば死刑は眼に見えている。自分はこの技術を神への冒涜とは思っていない。人間のためにこれを役立てたい。

その狂気ともいうべき熱意に押される形で、父も行動を共にすることに決めた。

もはや、祖国にはいられない。二人は船を

用意し、大海へ漕ぎ出した。前もって、施設や実験道具をある島へ運びこんでおいたのだ。船は嵐に巻きこまれ、舵が破損、海流の思うまま喜望峰《きぼうほう》を迂回して太平洋へと導かれ、ついに、この国の沖で、浸水しはじめた。

何とか船を操り、海岸線へという父を見捨て、同僚は海中へ身を投じた。幸い船は沈まず、海岸に打ち上げられた父は、持てるだけの手術道具や薬品を担ぎ出し、十日間も歩きに歩いて、とある山中に分け入ったのである。

そこで父は生活を始めた。

船から持ち出した鋸や斧で木を切って小屋を建て、銃や剣で兎や鹿、時には熊も獲《と》った。

同僚が気になったが、海の藻屑《もくず》になったと思うことにした。

異国の地で身を埋めることは苦にならなかった。

新たな恐ろしい敵に気づいたのは、数年後であった。

ふと気がつくと、埃を被った実験道具の前に立っていた。

いかん、と身が震えた。道具を破壊しようとも思ったが、実行は出来なかった。

それは何夜も続いた。

そして、最後の夜が明けたとき、父は自分がいかに孤独を怖れていたかを理解し、それを糊塗《こと》すべく新たな創造に取りかかったのであった。

3

賢祇が物ごころついた時には、兄の不乱は三十歳に見えた。姉の富士枝は二十二歳であった。そして、賢祇自身は、水に映った姿からすれば――さっぱりわからなかった。醜くすぎたのである。

「不思議なものだのう。前の二人は顔形も身体の作りも普通なのに、こころは歪み切っておる。これも、人間《ひと》の身体を寄せ集めてこしらえたゆえと諦めておったが、さて、おまえだけは尋常なこころを備えた優しい者に生まれた。この世で美醜とは重大な要素でな。おまえだけがそうなった理由は、私にもわからん。わかるのは、おまえたち三人の誰も人々の生活に関わってはならぬということだ。それは必ず恐怖と誤解と死とをもたらすだろう。私もおまえたちを世には出さぬ。死ぬまでこの山の中で暮らすが良い。いつ死ぬのかと？　そうだな。わしが死ぬときだ」

自分が他の人々とは異なる存在――造られた人間《もの》だという認識を、兄妹たちはさして気にも留《と》めなかった。

仲が悪かったということもない。言い争いや殴り合いの記憶は賢祇にない。

ただ、兄と姉を自分とは心映えが違うとは思っていた。

学問は父が教えてくれた。父がこの国の人間ではないのはすぐにわかったが、父がしゃべるのは、この国の言葉だった。

住いは何度か変わった。時たま、旅人や土地の農婦、木樵《きこり》たちが迷い込んで来て、この世界の風俗を眼《ま》のあたりにさせた。

それなりに持てなして彼らを帰すと、必ず他の連中を連れてやって来た。自分たちの土地にいつの間にか住みついた一家を不穏に感じたのだ。

出て行けとまでは言わなかったが、村人たちは代官所へ来いと命じた。怯えている風なのは、異国人だった父の風貌による。

父が拒むと棒や鍬や鋤で襲いかかって来た。

「殺意ははっきりしていた。しかし、我々には指一本触れられなかった。兄と拙者が彼らをすべて素手で打ち倒したからだ。姉は木の上で笑っていた」

多少の波風はあっても平穏な日常に変化が生じたのは、山暮らしを始めて十年が経過した頃であった。

一年足らずの静寂の後、今夜は代官所の役人が武装してやって来たのである。

近頃、里で息女《そくじょ》に精を吸い取られ衰弱死する若者が続出していると彼らは言い、ここの近くでおまえたちを見かけた木樵から話を聞いてやって来た。神妙《しんみょう》に縛《ばく》につけ。

ふたたび戦闘が繰り広げられた。それまでと同じとはいかなかった。刀槍と槍をふるう役人たちに対して、兄は彼らの武器を奪って戦い、瞬く間に全員を殺害してしまったのだ。

「これは面白い。人間など我《われ》の前では、大きな虫ケラ同然ではないか。殊《こと》によったら、我ひとりでこの国のサムライとやらを皆殺しにも出来るのではないか」

この自信は、十数個所を斬られ、刺され、矢で射られた傷が忽然《こつぜん》とふさがり、些《いささか》も戦いの瑕疵にならなかったことから来ていた。それ以前から気がついていたことだが、彼らは不死身だったのである。

そして、その異常な力——姉の五指が握っただけで青竹は砕け、兄の拳の一撃で岩は四散し、三人の一跳躍は五メートルを超した。

二尺足らずの薪《まき》で、次々に役人たちを叩き伏せた賢祇は、兄の殺戮を制止しようと務めたが無駄だったのである。

兄の血笑《けっしょう》はいつまでも耳の奥に残った。それが自分たちの運命を嘲笑う何者かの笑いであるような気が、賢祇にはした。

はたして、別の——最後の山奥へ移って一年後、兄と姉は世に出たいと父に談判を行った。

無論、父は止めた。

「おまえたちの力は必ず世の権力者たちに眼をつけられる。その結果、どのような事態を招くかは明らかだ」

これに対して、不乱はこう主張した。

「父上のお蔭で、我らは不死身を得ました。首ひとつ飛べば生命を失う奴らが、百万いようとして、我らを殺められる道理がございませぬ。我は里ばらに利用されるどころか、逆らう者どもをことごとく殺戮し、我が名を世に立てて見せましょう」

「不乱——貴様、何を企んでおる？」

「恐らくは、父上が今、考えておられることを」

「貴様——」

「私たちは他の暮らしが見たいのです」

と姉も言い募《つの》った。

「正直に言って、不死身の何処が悪いのか見当もつきません。兄者と違って、私の願いはずっと穏便《おんびん》でございましょう。決してでしゃばらず、人の背に隠れて暮らします」

「おまえたちの今の考えがどうであっても、外へ出れば数日を経ずして、世の動きに合ったものに変わる。わしはおまえたちに他人と同じところを持たせようと務めた。しかし、神の業を真似ても、同じことは出来ぬ。おまえたちはみな何処かがおかしい。狂っておる。それゆえに、わしとここで暮らさねばならぬのだ」

父が殺され、不乱と富士枝が姿をくらましたのは、その二日後であった。


「ふむ、それで逃げ出したか。正直、納得が行くような行かぬような」

長い話を聞き終えると、十兵衛はこう言った。まず気になるのは、やはり闘いの様らしい。

「だが、別の者に首を落とされたらどうなる？まさか生えてはきまい？」

この問いに対する返事は、十兵衛を驚かした。

「首と斬り口をくっつけておけばよろしいのでござる。首を試したことはないが、腕なら落としたことがある。四日で回復した」

「成程《なるほど》」

　この不死身さを知れば、上に立つ者なら例外なくその秘密を手に入れ、天下取りに挑もうとするだろう。

「我らを斃すには、恐らく火で焼き、灰にするしかあるまい」

　それには時間がかかる。火だるまの軍団が、江戸の町を蹂躙する光景を思い描いて、十兵衛は慄然となった。

「もう休みなされ」

　賢祇が声をかけた。

「拙者は眠らずとも良い。見張りは万全です」

「いつ眠る？」

「月に一遍《いっぺん》で十分」

「ふむ、飯は？」

「これは年に一度」

　十兵衛は苦笑した。

「便利な男だの」

「……」

「使い減りがせぬ。なあ？」

　同意を求められて、奥に横たわっていた左源太が、

「全く」

　つぶれたように返した。無理矢理言わされたような口調に、十兵衛が吹き出した。

「おかしいか？」

　賢祇が訊いた。

「あい済まぬ」

「笑われたのは、初めてだ」

「いや、それは――」

「喜んでおるのだ」

十兵衛は眉を寄せ、布だらけの横顔を見つめた。

「おれは笑われたことも、蔑まれたこともない。ただ恐れられ、泣き叫ばれるだけだ。面白がってくれるのは、おぬしたちが初めてだ。嬉しくてならぬ」

「……」

「兄も姉もこの世に居場所を見つけることが出来た。だが、拙者は――」

「……」

「十兵衛殿――美しいものと汚いものの区別はつきますな?」

「それはまあ」

「誰にでもそれはわかる。そして、人間《ひと》がそうである限り、拙者に居場所はない」

十兵衛はうなずいた。

「やむを得まい」

と言った。賢祇の眼が笑った。

「はっきりとおっしゃる。ますます嬉しがらせてくれますな。一度だけ、托鉢《たくはつ》の老僧にわしの顔を見せたことがある。人間《ひと》の価値は顔形で決まるものではない、拙僧《せっそう》は決して驚きもせぬし、おためごかしも言わぬと強く言われるのでな。しかし、ひと目見た途端、気を失いかけた。何とか持ちこたえたが、拙者が居場所がないと言うと、大丈夫、必ず居どころはある、と叫びよりました。半狂乱の状態でござった。あの僧も元に戻ったとは思えぬ。兄たちを処断したら、拙者は深山《しんざん》へ身を埋めるつもりです」

「それが良かろう」

十兵衛は何処までも率直である。

「だが、兄を斬れるか？　それは剣の腕の意味だ。姉を討てるか？　これは心情の問題だが」

「兄に関してはわからぬ。剣の腕はあちらが上であった。姉は——出来ぬ。おかしな奴だが、家族には優しかった」

「なら、どうする？　姉のみを放置するか？　否、その前におぬしの首が飛ぶかも知れぬな」

「そうなれば——この世は戦乱の巷となろう。兄の動きは最早誰にも止められぬ」

「その前におぬしに討たせるしかない、か」

十兵衛は腕を組んで黙考に入った。少しして訊いた。

「城下では、おれのこの眼を頼りに捜し廻っておろう。これはひとつ、手荒な策に賭けるしかあるまい。左源太よ——もうひと働きしてもらいたい。その後で、江戸へ向かってくれ。公儀におれの書状を届けるのだ」

「はっ」

「では、と。人並みに眠っている暇もないな」

ぶつぶつ言いながら、振り返り荷物の片方を開けて、矢立てと紙とを取り出した。

第八章　美女磔《はりつけ》御覧

1

「まだ柳生めは見つからぬか!?」

十兵衛たちが忽然と姿を消してから五日目――妙義守は朝から国家老の宮武摩季を呼びつけて怒りをぶつけた。

宮武は平伏し、

「八方手を尽くしてはおりますが、潜む穴蔵《あなぐら》はいまだに」

と言ってから、次の激怒が降りかかる前に、

「その代わり、穴からいぶし出す方策《ほうさく》は整えてございます」

にんまりと唇を歪めた。たとえ不死身の怪物を従えるとはいえ、徳川家の支配が鉄壁と化しつつあったこの時代に叛旗《はんき》を翻さんとする奸雄だ。次の手は打ってあるらしい。

妙義守はしかし、いら立ちを納めず、

「どのような方策じゃ？　その場凌ぎは許さぬ」

憎悪さえ湛えた祝辞を真っ向から撥ね返し、

「お目にかけるのは、いま少し後と考えておりましたが、では、我が方策、御見《ぎょけん》に入れましょう。まずは、おいで下さいませ」

宮武は部屋を出て、地下の食糧蔵へ妙義守と小姓を導いた。小姓は源之丞ではなかった。

蔵の前に立つ警備の侍に命じて、扉を開けさ

せると、三人は中に入った。

板を嵌《は》めた窓から光がさし込んで室内がよく見えた。

「あちらへ」

宮武は蔵の奥へ進んだ。

刀槍、弓と矢、薙刀、鉄砲等が通路の両側を埋める先に、七尺を超える人影が立っていた。

「あれか？」

妙義守の声には、見知っている個人ではなく、多数の中のひとり――それもひどくおぞましい者と思わせる響きがあった。

「左様にございます。のけい」

巨体はゆっくりと右へ滑った。

背後に紫の着物を身につけた娘が横たわっている。ふと顔を上げて、

「殿」

驚きの声とともに起き上がり、正座平伏となった。

「これは？」

宮武が答えた。

「少し前に、我らの秘事を知り、手前が処断いたしました榛名多聞が娘――志保めにございます。討手を逃れ、江戸は三多摩の農家に匿われておりましたのを、過日取り押え、連れ戻したものでございます」

「なぜ、早急に処断してしまわぬのだ!?」

「そう急がれますな。生かしておくにはそれ相応な訳がございます。手前、柳生十兵衛とやらが、諸国漫遊《まんゆう》の旅に出ているとの噂を大分前に耳にして以来、父・但馬守の命を受け、その諸大

名の探索ではないかと案じておりました。但馬守は将軍家指南役の総帥にして、総目付。手前は目付役としての技倆《ぎりょう》が江戸城内の誰よりも卓越しての抜擢《ばってき》と見申した。剣にかけてはその父を凌ぐと言われる倅も、隠密としての技倆はその父が認めたものでございました。十兵衛らしき武士を城下で見かけたと知らせを受けてすぐ、その探索と処分を決意いたしましたものの、たやすい技ではないとも覚悟しておりました。ですが、続く知らせによれば、この娘を江戸まで届けたのは十兵衛であるとのこと。これは使えるか、と」

宮武は妙義守を見上げた。瞳は主人を映していたが、別のものを見ているように虚ろであった。ただ、その虚ろの中に野心という炎が燃えていた。

それに気づいたかどうか、妙義守は激しく片手をふり、

「うぬが何を考えているかは知らんが、全て任せる。即刻に柳生十兵衛を捕えて八つ裂きにせい」

「承知つかまつりました」

宮武は平伏した。

誰が見ても、癇癖《かんぺき》な主人とそれに仕える忠義な家臣の図であった。

左源太が江戸へと向かったのは、その日の早朝であった。

忍者は一日四十里を走るというが、この忍者

の足はそれを遥かに超えて、三日後には小諸宿に入ろうとしていた。

順調な道行きだ。

左源太の思いはひとつだった。

――尾《つ》けられている。

それも藩を出てからずっとだ。

「〈陣〉を張っていたか」

一般の言葉でいう看視システムのことである。ここと判断した場所に蜘蛛の糸を張り巡らせる。水溜りを作る――そのどれに忍びが触れても、常人の場合とは異なった振動や小音を伝えてくる。

どこでと考えたが、心当たりはなかった。

黙っていたわけではない。横道へ入り、川を渡って岩場を抜け、待ち伏せもした。姿は見えなかった。そして、左源太が動き出すと、気配ばかりがついてくる。

――わざと気配を隠さぬか、おれを怯えさせるために。

すでに旅人の姿もない夕暮れの中山道であった。

左源太はやや膝を曲げ、自由転移の姿勢を取った。宿場へ入れば多くの人間や宿場役人の眼がある。その前に死命を決するのが常道だ。

気配は背後から近づいて来る。

ぼう、とまばゆい光が点った――と見えたのは信じ難いものであった。

絢爛たる大振袖に精好《せいごう》の袴をつけた若者は、この世に舞い下りた天上の存在のように見えた。

その織手は背の一刀を操るどころか、抜き放つとさえ思えない。

「遠丈寺藩の忍びか?」

「源之丞と申す」

「おれは左源太。何処までついてくるつもりだ?」

「ここまでじゃ」

源之丞は朱唇《しゅしん》を笑いの形にした。

「おぬしの行く先は公儀——柳生但馬守の下であろう。だが、道はここで途絶えておる」

「それはおぬしの道だ」

左源太の声よりも鋭い音が風を切った。一尺を超えそうな長い針〝千本〟を五本も心臓に受けながら、源之丞は身じろぎひとつしなかった。

驚くと同時に、左源太は背後に気配を感じた。

灼熱の痛覚が心臓を外れた、と意識したのは、大きく左へ身を投げてからだ。

思いきり呼吸《いき》を吸い込み、腰の山刀を背後へ叩きつけた。

手応えはなかった。

耳もとで女のような美しい声がささやいた。

「後ろに源之丞がいると知ったが、おまえの最後——諦めい」

愕然と左源太は反転した。仰向けになって虚空を仰いだ。

「私はここにしかおらぬよ」

甘いささやきは確かに彼の後ろ——地面に押しつけた背中から聞こえた。

「出ろ」

と叫んだ。

「おぬしなら出るか?」

「うぬ」

左源太は撥ね起きた。怒りよりも恐怖に駆られていたのかも知れない。

「江戸まではまだ遠いぞ」

声は艶然《えんぜん》と笑った。

確実な死を左源太は意識した。

そのとき——

「うっ‼」

短い苦鳴が上がるや、背中にずんと重みが加わり——消えた。

激痛をこらえてふり向いた眼に、路上に躍った華麗な色彩がとび込んで来た。

千本を投げつけようと片手を上げて、左源太はよろめいた。敵の刃は肺を裂いていたのである。

彼めがけて躍りかかろうと地を蹴った刹那、源之丞は大きく身を捻った。背中から生えた二本の棒手裏剣を左源太は見た。

きらびやかな姿が、大きく右へ跳んだ。その目的地——林の中から人影が二つ跳躍して源之丞と交差した。

肉を断つ響きと鮮血が路上を打って、着地した影はどちらも崩れ落ちた。平凡な町人姿であった。

ひとりは動かぬまま、もうひとりが左源太を見て、

「柳生様とともにある忍びだな。我らは公儀の手の者だ」

と言った。苦痛を抑えた声である。道中合羽《どうちゅうがっぱ》の鳩尾のあたりが赤く裂けていた。

「朋輩は死んだ。向こうにも手傷を負わせたが、おれはとどめを刺しに戻る。おぬしは江戸へ急げ」

いつ、十兵衛と自分のことを知ったのか、いつから尾行していたのか、訊きたいことは山ほどあったが、男は背を向けると、風のように林の中へ消えた。

夕闇深い街道に、左源太のみが残った。

程なく彼も走り出した。敵のひと刺しを肺に受け、ここから六十余里を隔てた大江戸へ、無事辿りつけるのか。


左源太を送り出した翌日、十兵衛の傷は完全に癒えていた。

「これでは、妙義守が欲しがるわけだ」

感嘆を隠さぬ十兵衛へ、凄まじい顔が布の下で薄く笑いながら、

「しかしですな」

と言った。

「何だ、それは？　不都合でもあるのか？」

途端に心配になって訊くと、

「いえ、まあ」

「おい、丸く収めようとしておらぬか？」

「左様なことは」

「怪しい。おかしなことでもあるのか？」

「致命的なことは」

「他の不都合ならあるのか？」

十兵衛は仰天《ぎょうてん》した。由々《ゆゆ》しき一大事といっていい。この三兄妹のトラブルは常人のレベルで

はないのだ。

「いや」

「おい」

「いやいや」

賢祇は別室へ行ってしまった。それがまた、何かいたたまれなくなったように感じられ、十兵衛は腕組みして天を仰いだ。

背後で女の含み笑いが聞こえた。

「冨士枝か」

「驚かないようだな。今日は敵方かも知れぬぞ」

「そうなら、先に仕掛けているだろう」

「図星だ。将軍家指南流の嫡男だけのことはあるな」

「どうやってここへ目をつけた？」

「忍びらしい若いのが、宿場を出るのを見かけたのじゃ。そうしたら、自然にわかった——賢祇がここにいると」

不可思議としか言いようのない力であった。現代なら一種の精神感応《かんのう》、この時代なら千里眼《せんりがん》を、死体をつなぎ合わせた三人は備えているのだった。

「安心おし」

十兵衛の心を読みでもしたかのように、冨士枝の声は笑った。

「私が見た若いのを兄者が眼にしていない限り、ここにいることは悟られぬ。ゆっくりと養生するがよい」

「わかるのか？」

思わず口をついた。

なぜ、姿なき野性の娘は、自分の負傷を知っている？　傷口はすでに塞がり、血止めの布も当ててはいないのだ。

「わかるとも――そうか、おまえは知らぬのだな」

女の笑いは低く深くなった。十兵衛は言った。

「気になっておった。わしの身に何かが起こっておるのか？　彼に問い質しても応えようとせぬ」

「じきにわかる。安堵せい。生命に関わる大事とは言えぬ」

「賢祇もそう言った」

「なら、信ぜよ」

しかし、当人にしてみればなあ、と十兵衛は思った。自分の身に何かが生じているのは明らかなのに、それを知っている連中から大丈夫だ、と言われても安心など出来っこない。

不意に十兵衛の右脇に気配が固まった。富士枝が戸口を見つめていた。

「元気そうだな、賢祇」

姉の気配を察したのか、戸口に現れた弟は声もなく立ち尽くした。

「お久しゅうございます、姉上」

「兄者もこの城下におる。三人が揃うとは――ふむ、我らの血に決着をつけろとの天の意図か」

「いえ、お父上のご意思でございましょう」

賢祇の右手は背中の柄にかかった。

「呪われた者たちは始末せよ、と父上は申しておったか。口にせずとも、山中で共に暮らす間にわかってはいたが」

「お二人が父上を手にかけた後、父上は私にそう伝えるまで生きておられました。兄者はわかります。されど、姉上がその片棒を担いだのは、何故でございます？」

「山以外の国と人々が見たかったからじゃ」

冨士枝の声が遠くなった。

「その望みは叶えた。山奥で夢見ていたより遥かに面白い世の中であった。けれど――やはり、私が生きる場所ではないのかも知れぬ」

「それは次々に住いを変える間にわかっていたことではありませんか」

「頭の何処かでは、な。しかし、別の何処かが、いや、私であって私ではない誰かが、こう囁くのだ。外へ出ろ。沢山の男たちがいるぞ、とな」

「……」

「私のこの性向《せいこう》を父上は気づいておったに違いない。断じてならぬと止めたのも、その行末《ゆくすえ》を案じたからであろう。だが、私には邪魔な老人のたわごとでしかなかったのだ」

そして起こった悲劇の記憶が、妖女の口をつぐませたとき――賢衹が音もなく前進した。

2

抜き打ちの一刀が横に引いた銀線を、冨士枝は間一髪、跳びのいて躱した。頭の何処かで、予測していたものと見える。

「やはり――殺すか、おまえに子守歌を聴かせた姉を」

「お許しを」

そして、別の事態が生じた。

全員が動きを止め、賢祇ひとりが身を捻って、部屋の南の壁を見つめたのだ。

その向こうは——庭であった。

「まさか——偶然か？」

賢祇が戸口へと走った。

十兵衛も続いた。庭の気配には気づいていた。人間《ひと》以外の気配に。

はたして、月光が深沈《しんちん》と降りしきる荒庭で、賢祇が対峙していたのは、身の丈九尺を超えそうな巨人であった。

濃紺の小紋に羽織、腰には一刀のみだが、姿は武士だ。だが、その顔は賢祇でなければ静視は覚つかぬほど歪み、腐っていた。

腐る？　そう。皮膚全体はとろけて、下の肉までねっとりとゆるみ、鼻は欠けて鼻孔のみが生々しく、下唇は喉のあたりに溶け流れて、下の歯も歯茎も剝き出しだ。上唇も崩壊の運命からは逃れられなかったらしく、斜めにちぎれかかっている。糸のように細い両眼は、そう生まれたのでも造られたのでもなく、瞼自体が溶け落ちたせいだと思われた。

「気をつけい」

十兵衛のひとことには、もはや自分が割って入る余地がないと悟ったのと、溶け崩れた巨人の全身から、もうもうと吹きつけてくる殺意によるものであった。

「わかるか、拙者の言うことが？」

賢祇が訴えるように訊いた。

答える代わりに、巨人の右手が大刀の柄にかかった。

両眼が赤く燃えた。

「よせ！」

制止の声に重なったのは、鋼の相打つ響きであった。

巨人の横殴りの一刀を、賢祇はこれも抜き打ちの刀身で受けたのである。

巨人の眼の殺気が動揺した。彼の一撃を受けて立っていられる者はいなかったのである。

押して来た。

鍔ぜり合いである。剣術が実戦を離れた江戸後期において、この形はあり得ないと否定されるが、実戦に至れば力まかせの押しくらべが多かったことは、桜田門外の変で現場に面した各藩の目撃者たちが証言している通りだ。ましてや、この時代——将軍は三代を経ようとも、初代家康自身が渦中に身を置いた戦国の剣の修羅場は、決して遠い記憶ではなかった。

「耐えるのう」

感嘆の声を十兵衛は横で聞いた。冨士枝であった。十兵衛も同感だ。

鍔ぜり合いは力の強い者が勝つ。少しは耐えても、弱い者はじきに押し切られ、後退を余儀なくされる。後は受けた形のまま斬られるか、突きとばされ姿勢を崩したところへ一刀を浴びるかだ。賢祇は五尺七寸——誰の眼にも勝負の帰趨《きすう》は明らかであった。

だが——体躯の大小は、力の優劣と等しくはなかったのだ。見よ、刀身こそ震えるものの、賢祇の身は微動だもせず、巨人の突進に耐えているではないか。

その身体は足も腕も胴も倍近くに膨張しているように見えた。筋肉が量を増しているのだ。それは単なる呼吸や対圧による膨張ではなく、筋肉自体が増殖しているとしか思えなかった。

「おぬしも、我らの仲間か」

はっきりと賢祇の声が渡って来た。

「だが、誰かが造り損なった。刃を引いて帰れ。この土地を出て、深山に籠るがいい。そこで生きていける」

不意に巨人が吠えた。人間の声ではない。飢えた狼が無慈悲な天を嗤《わら》うかのような狂気の咆哮であった。

賢祇の肉体の変化は彼にも生じたのか。ぐん、と膨れ上がった身体が大きく前へ出るや、思いきり伸びた腕の先で、賢祇は撥ね飛ばされた。否、飛んだのかも知れぬ。彼は水平にではなく垂直に飛んだ。

空中で刀をふりかぶるや、手裏剣打ちに投げた。それは左胸を貫き、巨人は呆れるほど呆気なく両膝をついた。横倒しになるまでの方が時間がかかった。

十兵衛が近づいたとき、賢祇は彼の脈を取り終え、かすかに頭をふった。

「死にました」

十兵衛は片手を上げて拝み、門の方角へ隻眼を向けて、

「追われていたらしい――来るぞ」

と言った。

十個の黒づくめの影たちが庭に広がった。

「誰に用事だ？」

十兵衛が訊いた。

男たちは顔を見合わせた。十兵衛からすると、おかしな反応であった。

低く、

「もうひとり」

「知らぬぞ」

と聞こえた。

「捕えい——いや、斬れ」

反応からして、賢祇や十兵衛目当てで来たのではない。巨人を追って来て——偶然の遭遇だ。恐らくは巨人もそうだったに違いない。

月光の下で刀身が鞘走《さやばし》った。

「おまえは退け」

賢祇へこう言って、十兵衛が庭へ下りた。今の今まで、板戸を外した邸内《ていない》にいたのである。

はっとこちらを見る賢祇へ、

「おまえは斬ってはならぬ。任せい」

言うなり抜きつれた三池典太も、月光に照り映えた。

動揺が男たちの間を駆け抜けた。十兵衛の実力がわかったのだ。彼らもそれなりの腕の持ち主であった。

そのとき、虚空からもうひとつの影が降って来た。音ひとつたてずに堀を跳び越え、音もなく着地する。賢祇と冨士枝が同時に呻いた。その体術の凄まじさに対してではなかった。

「兄上!!」

蘭堂不乱は無表情で応じた。二人を見る眼は妹弟に与える眼差しではなかった。

「ここにいたか――盲点であったぞ」

焦点を冨士枝に合わせ、ようやく唇がほころびた。

「おまえも来たか――父上のお導きかな」

巨人の死体を見下ろし、

「こいつは屋敷を逃げ出し、今夜も人を殺めた。しかも、近くにいた乞食《こじき》にそれを目撃されるという体たらくだ。聞こえるか町方の足音が？　あいつらもじきにここを嗅ぎつける。普段は入れぬ武家屋敷も、ここは取り潰しを食らった廃《はい》家《か》だ。遠慮なく踏みこんで来るだろう。わしは殿から鑑札《かんさつ》を預っておるが、おまえらは容赦なく縄にかけられるだろう。しかし――」

彼はふり向きざまに刀身をふるった。

闇の中に凄まじい苦鳴が弾け、重なり、吹き乱れて――まさに数瞬のうちに十名の男たちは地面に転がっていた。どれも即死だ。いかに不意をついたとはいえ、あり得ない神技であった。

賢祇も十兵衛たちも立ちすくむ中、

「やるな、さすがに長男」

揶揄《やゆ》するような冨士枝の笑い声であった。

「何故です、兄上？」

賢祇の問いは勿論、仲間を手にかけた理由だ。

「ここの殿様の世話になり、その全てを知ってから、ずっと考えていたことだ。公儀とやらを斃すつもりならば、我らが代わっても差し支えあるまい」

「――何と!?」

賢祇が眼を剥き、十兵衛の隣りで富士枝が、

「あらあ」

と唸った。十兵衛自身はさして驚いていない。公儀への叛旗なら、いまだ三百諸侯《しょこう》のどの藩が掲げてもおかしくはないし、不死身の兵士を掌中に収めれば、謀反《むほん》の道をひと筋に進んでも不思議はない。そして、家来が主人を弑《しい》する下剋上は、いかなる人間も胸中にくすぶり続ける火種を抱いているものだ。

「不死の鬼どもを造り出す法は、ザーレスと申す伴天連《バテレン》が心得ておる。彼もまた尋常な奴らの世を我が物にしたいと考えておるのだ。だとすれば、我らは死体がある限り、無限の兵士を手に入れることが出来る。手を貸せ、賢祇――おまえがおらずとも企てを成すことは出来ようが、ここはやはり信じられる者の手が欲しい。毎日暗殺されていては、身体は持ってもこころが虚しくなるばかりだ。賢祇、冨士枝、仲間に加われ」

黙然と耳を傾けていた賢祇が、

「公儀に歯向かって何となさる？」

「この世を征するのだ。我らが公儀に変わる」

「変わってどうなさる？」

賢祇の隣りで、冨士枝が面白そうにうなずいた。それは十兵衛も第一に知りたい事柄であった。

「我らの国を作る」

平然と答える兄へ、畳みかけるように、

「どのような国を？」

「……」

「民《たみ》の全てが死体をつなぎ合わせて出来た国でございますか？」

と賢祇は呻くように言った。

「何を言う？」

「そもそも我らのようなものが天下を取ったとて、民心が従う道理がない。天地の理に適《かな》ったものだけが生きる世は、上も下もそうでなくてはならぬのです」

「狂ったか賢祇？　我らもまた日の下で生きておる。しかも他の奴ばらと異なり、飯を食わずとも生きられ、刺されようと焼かれようと、年齢《よわい》を重ねようとも死なぬ。我らはより優れた、より天地の理に適った生きものなのだ。そうは思わぬか？」

「ひとときは」

答える弟を、冨士枝がチラと見た。

「――ですが、すぐに忘れ申した。その点こそ、父上が誰よりも早く、誰よりも深く考えていらしたことでございましょう」

「また、父上か」

不乱は吐き捨てた。

「我々と生み出したのは恩に着るが、その行く末を深山の奥に封じ込め、そのまま朽ちさせんとした胸の裡《うち》は、死を持って償うべきであろうよ。賢祇よ、存じておるか？　おまえの尊敬する父上は、自らが死ぬに際して、我らをも道連れにするつもりでいたのだぞ」

低声の指摘は、霹靂《はたたがみ》のごとく賢祇を直撃した。

次の言葉を彼が放つまで、数秒を要した。

「まさか――」

「いいや、事実じゃ」

不乱はここぞとばかりに声に力を込めた。

「我らを造り出したのは父上だ。ゆえに父上だけが我らを死滅させる法を心得ておった。我らが生まれ一年を経て体内で創り出される薬のようなものがそれなのだ。我が山を降りると告げたとき、父上はそれを顔前にかざし、飲めと迫ったのだ。それは富士枝も知っておる。我らが父上を手にかけた後、薬がどうなったのかはわからぬ。そのまま放置してきたのでな。恐らく、今もあの小屋の何処かにあるじゃろう。真っ赤な──血を固めたような丸薬《がんやく》であった」

「父上が……私たちを……」

不意に不乱は笑い出した。闇の中のひどく虚しい高笑いであった。

富士枝は、そんな兄を眺めてから、弟に眼を移した。眼差しに悲哀の色があった。

「何故おかしいのか、我にもわからん」

笑いが収まってから、不乱は苦笑に変えて、

「我らがこの世に生きるということは、お笑い事なのかも知れぬな。さて、返事はどうだ?」

3

賢祇の返事は素早かった。

「お断わり申しあげる」

富士枝が、あーあと溜め息をついた。

「そう言うだろうと思っておった。柳生十兵衛──うぬの薫陶《くんとう》か?」

「おかしな言いがかりは慎んでもらおう」

十兵衛は前へ出た。土を踏み、草を倒して進むのに、足音ひとつ立てぬもの凄さに、不乱もさすが、という表情になって、血まみれの刀身を青眼に構えた。

「ひとつ訊きたいことがある。十兵衛よ――公儀は何処まで知っておるのか？」

「昨夜、ひとり江戸へと発たせた。もはや、すべて公儀の知るところだ」

「その忍びは、昨夜のうちに手の者が斃したはずだ。残念であることよ」

不乱はまた笑った。

「だが、ここでうぬに出会うとは。せっかく用意した趣向が無駄になるやもしれぬな？」

「ほお、それは？」

「いま捕方《とりかた》を呼ぶ。彼奴から逃れられたら、二日後の武芸大会へ参れ。柳生と記せば不問のまま通過できるよう処理しておく」

十兵衛の三池典太が閃くより早く、不乱の身体は空中にあった。門を軽々と超えるとき、

「大会にはわしも出る。冨士枝、賢祇――また会うぞ」

その声の余韻が消えてすぐ、両眼を閉じていた賢祇が、

「来ましたぞ、ざっと三十人」

と告げた。

「血路《けつろ》を開くのは造作もないが」

十兵衛は思案に落ちた。

いかに将軍家指南流の嫡男といえど、他領内に入って多数を殺傷すれば、その立場ゆえに、

幕閣《ばくかく》を揺るがす大事にもなりかねない。公儀にしても、十兵衛が元で遠丈寺藩と諍いを起こすのは、決して本意ではないはずだ。まして、奇怪な死人兵士の存在を知らぬとなればなおさらのことであった。

「貸しを作る気があるかい？」

不意に訊かれた。冨士枝であった。

眉をひそめる十兵衛に、

「なら私に任せておくがいい」

五分とたたぬうちに、屋敷を囲んだ捕り方は、表と裏——潜《くぐ》り戸を打ち破って邸内に突入しようとした。破城槌《はじょうつい》の音響の後で、

「開いたぞ!!」

こう耳にした与力《よりき》のひとりは、同時に背後で囁く声を聞いた。

「公儀の隠密はこちらだ」

「何イ!?」

とふり返っても、配下の顔が並んでいるばかりだ。

別の与力が愕然とふり返って、

「大男はこっちだと？　何処におる？」

すぐに同心たちが、あちらこちらで、

「女の声だったぞ」

「化物はこっちだと言いよった」

あっちだ、こっちだの声が次々に上がって、ついに十間ばかり離れた道の上で、凄まじい女の悲鳴が上がった。

「あそこだ、行けえ！」

同心のひとりが叫んで、捕方たちは声の方へ、津波のように押し寄せていった。驚くべきは、裏門前に待機していたはずの半数も時同じくして、同じ方角へと走り出したことだ。

妖艶な声の主は、何人もいるか、同時に別の場所に存在し得るとしか思えなかった。

「いなくなりましたぞ」

細く開いた潜り戸のこちら側から外を覗いていた賢祇が、驚きに満ちた声を放った。

「おぬしの姉上——不可思議な技を」

そう言ったきりで、十兵衛は潜り戸を抜けた。

翌日の早朝、城下のあちこちに、高札があった。

見物人のひとりが声に出して、

「明日の武術大会には重罪の女がさらされる。女は後に試合の優勝者に報賞として下げ渡される——とよ」

「一体全体、その女、何処の誰だ？」

「いや、それより、この高札は誰に読ませるつもりだよ？　試合は見物禁止なんだぜ」

奇妙な高札の内容は、それが立った場所からさざ波のように広がり、昼過ぎには城下を覆い尽した。

「やりおるな——明らかにおれをおびき寄せるための高札だ」

「どうなされます？」

　質問をしたのは賢祇、されたのは十兵衛だ。

　二人は城下の中心――様々な店が立ち並ぶ三平町の旅籠にいた。

　夜が明けるまでは廃寺の床下に潜み、夜明けと同時に宿を求めたのだ。武術大会に出場すると告げると、宿では一も二もなく相部屋へ通そうとしたが、十兵衛は金を握らせ、布団部屋を要求した。無論、邪魔な連中を遮断するためだ。要求は容れられた。

　意外と広い室内の中で、

「よく泊めてくれましたな」

　賢祇が疑い深そうに言うと、

「おれたちの触れ書き――いつの間にか消えていた」

　と十兵衛が返した。

「武術大会へ出場させるためだろう。あれは敵の罠だ」

「ですが、大会の開催が決定したのは、妙義守が謀反を企てた――つまり、不死身の兵士の製造を開始した後でございますぞ。なぜ、尋常な武芸者たちを集めて召し抱えるなどという無駄なことを？」

　以前左源太が放った問いである。今度は答えがあった。

「尋常な武芸者ならば、な。だが、死者と変われば――」

　賢祇は眼を見開いた。十兵衛は続けた。

「優れた剣客であればあるほど、不死身の兵として甦らせたときの能力は高くなる。何人分もつなぎ合わせることによって、その力はさらに増大することだろう。恐らく、大会が終わってから、無事に城を出られる者はいまい」

「その様な鬼畜の所業を……」

「死者を甦らせると決めたときから、妙義守は鬼に変わっておる」

「……」

少し間を置いて、十兵衛は肝心なことを口にした。

「明日はだからひとりで飛び入り出場する。おぬしはかまえて来てはならぬ」

「それはお断り申し上げまする。兄の始末は拙者がつけます。でなくては、山を下りた甲斐《かい》もない。それに――」

十兵衛は沈痛な面持ちになった。

「父上の意志に反する、か？――すまぬ、ここまでないことを口にした」

「いえ、父には私たちの運命がわかっていたというだけでございます。私もそれに従うべきだと存じます。大会に出場するのもそれが故でございます。それに十兵衛様では、まだ兄上を殺せませぬ」

「かも知れぬな」

十兵衛はつるりと顔を撫でた。

「わしの目的はザーレスとやらと不死身兵の一切を滅ぼすことにある。大会の間に、彼奴らの居場所を捜すつもりでいたが、そうもいかぬようだ」

「では――磔の女性《にょしょう》を救けるおつもりか？」

「優勝者に下しおかれるという話であったな。多くの武芸者の前でそれを反故《ほご》には出来まいて」

「ですが、無事に城を脱け出られますかどうか？」

「その辺は運を天にじゃ」

「それでは犬死にですぞ。向こうは弓矢は勿論、鉄砲も用意しております」

「おぬしはどう思う？」

「……」

「左様か。では、その女性とやらが美女たることを祈るしかないな」

賢祇は溜め息をついた。

十兵衛を見つめる眼に感動の色が湧いた。

「しかし――誰とも知らぬ女性のために」

「恐らく向こうは死ぬ必要などない娘だ。おれのような男でも、あちらへの道行きについていけば、ひと安心であろう。妙義守の企みは、公儀に任せるしかあるまい」

「もうひとつ気になることがございますが」

「ふむ。おれの遺体のことか？」

「はい」

図星を衝く十兵衛も凄いが、平然と応じる賢祇も――ま、こちらはもとから人間とは言い難いが――人間離れしている。

「万が一、十兵衛さまが死亡なされた場合、遺体は自由に使用されますぞ」

こう言ってから、賢祇は眼を剥いた。いかに十兵衛でも苦悩するだろうと思ったのである。

しかし、彼は笑った。明るい苦笑いを。

「わしの血と肉が徳川家を斃す兵士を造り出すか？　ふむ、それも面白いかも知れぬ」

狭苦しい旅籠の布団部屋は、いま途方もない密談の場所と変わっていた。

「柳生は来るか?」

領主の問いに、城代家老は重々しく頭を垂れて上げ、

「必ずや」

と言った。昼を半刻ほど過ぎた領主・妙義守の居室である。家老——宮武の背後には、蘭堂不乱が控えていた。

「しかし、彼奴とあの娘とは——志保と申したか——赤の他人じゃぞ。生命に代えて助ける筋などありはせぬ」

この至極《しごく》まともな意見に、宮武は身を捻って、

「どうじゃな、不乱?」

と訊いた。

「必ずや参ります」

「何故、わかる?」

「彼奴のこれまでの行動によって。あれは、たとえ一面識もない他人とはいえ、眼の前で理不尽に生命を奪われる者を見過しに出来る男ではありませぬ。これを甘いと申しますか、貴藩が公儀の蹂躙《じゅうりん》を免れるには、そこを突くしかございませぬ。明日、柳生十兵衛は必ず武闘大会に参ります。そして、その覚悟通り我らの手にかかりましょう」

淡々と語る唇がこのとき、凄まじい悪虐を放つかのように笑い歪んだ。

「殿、お悦び下さいませ。かくて我々は、最大の兵士を造り出す素材を手に入れたのでござい

ます」

宮武が、ぎろりと威圧的な視線を浴びせ、

「柳生か？」

「左様でございます。柳生新陰流史上、石舟斎《せきしゅうさい》、兵庫助《ひょうごのすけ》以来の、否、比肩し得ることさえ謳われる遣い手。その血肉を受け継いだ兵士たちがどのような力を発揮するか――考えただけで胸が躍りまする」

「これはたとえ話だが――おぬしの血と肉ではどうじゃ？」

「それはもう――」

不乱は恍惚とさえ言える表情になった。

「十兵衛など足下にも及ばぬ日の下最強の兵どもが生まれることでございましょう」

ここで、宮武は彼を下がらせ、妙義守と視線を交わらせた。

「十兵衛よりも強い兵士――ならば二人合わせれば、さらに強猛《きょうもう》な兵が我が軍に加わりますな」

「そのとおりじゃ。全てが終わったら、奴もその妹弟も、不死身の材料にしてくれる。殺せるな？」

「お任せを」

右腕ともいうべき重臣の自信満々たる返事に、妙義守は最後の勝ち名乗りを受けた明日の優勝者のごとき表情になった。

第九章　勝者の容貌

1

暁光《ぎょうこう》は地上に届かなかった。早朝から分厚い雲が天を覆っていた。

わずかな恵みの薄明《はくめい》の下で、しかし、天下は晴れやかな日より遥かに熱い気が満ちていた。

気には流れがあった。

それは人の姿を取り、四つ（午前十時）を目ざして城の大門に列を作っていた。

すでに開け放たれていた門を抜け、彼らは二の丸の殆どを構成する華広場に達した。そこに待機していた受付役が帳面を開いて、流派と姓名、出身地をお書き下されと告げる。

江戸や京大阪から高名な師匠を呼んで花造りを催したり、或いは歌人を集めての歌会、茶会等が繰り広げられる広場は、今日はいっぱいに天幕を巡らせ、記帳を終えた彼らは係の武士と下士の手で、西と東にふり分けられた。これで彼ら——全国から参集した武芸者たちは、敵同士になったのである。ここ数日、同じ宿に泊まり、同じ道場や空地でともに修練の時間《とき》を過して来た武芸者たちには、断腸《だんちょう》の思いの者もいた。彼らは眼と眼を見交わし、肩を叩いて束の間の友であった時間に別れを告げたのである。

天幕の中は白砂と砂利を敷きつめてあり、南の端に建つ阿亭《あづまや》には城主・妙義守が小姓とともに座し、その前縁に並べた床几《しょうぎ》には、城代家老・宮武摩季郎以下の重臣が腰を下ろしていた。広場に最も近い列からひとつ分前に床几が置かれ、武芸師範・田所良斎が控えていた。

どこをどう見ても――最近は殆ど見られなくなったが――尋常な武術大会の一景だが、通常は控えの剣客たちから立ち昇る精気ともつかぬ気が――確かにそこから立ち昇ってはいるものの――今日は重臣たちの席の一隅からも虚空へと噴き上げているのだった。

時刻《とき》が来た。

田所良斎が立ち上がり、呼び出し役にうなずいて見せた。

届けられた帳面――出場者名簿を開いて、呼び出し役は、高々と東と西に属する武芸者の姓名と出身地、流派名を呼んだ。今回の出場者は百名――五十組であった。

一本勝負――先に一本を取られた者は速やかに退去し、勝者も控えの場に下がって待つ。こうしてまず五十人が選ばれ、それから二十五人となり、さらに削られて最後に残ったひとりのみが臣下の栄誉を得る。

竹刀や防具など顧られない時代だ。面も胴も小手もなしの剣客たちは木刀で打ち合う。一歩間違えば肉は裂け骨は砕ける。致命傷はしかし、驚きも焦りも生まぬ。生命のやり取りをやむなくした戦国の遺風《いふう》は、今も国中に息づいていた。

生命懸けともいえる勝負を征するのは、気迫か、力か、技の精妙か。

立ち合う二人にも、それはわからない。

勝った者だけが答えを知り、敗れた者は、知らずに終わる。だが、その勝者もまた次の戦いで残れるとは限らない。そして、答えはまた異なるやも知れぬ。

曇天《どんてん》は木と木の打ち合う響きを聞き、白砂は血と汗を吸った。

敗者はことごとく典医の下へと運ばれ、その一室から出ては来なかった。

まず五十名が消え、四つ半（午前十一時）には二五名が後を追い、やがて残った三名に余ったひとりを加えた上で準決勝戦が行われ、ここで十分な休みを取ってから、戦わずに済んだひとりと刃を交えた。人選はすべて宮武家老の裁量によって行われていた。

最後のひとりは、念流を名乗る紀州《きしゅう》の剣客であったが、眼だけを覗かせた白布で顔全体を覆っているのが奇妙でもあり、不気味でもあった。

胴を打たれた中条流の剣客が運び出されると、彼は良斎に促され、白砂の中央に出て、妙義守と重臣たちに一礼した。

「念流・竹内左膳《さぜん》とやら。天《あ》っ晴《ぱれ》であった」

まず城代家老の宮武が立って、その運と実力とを労った上で、妙義守自ら、

「その方の腕前、確かに我が藩に盤石《ばんじゃく》の重きを成すであろう」

と言った。すると、

「それがしは仕官を望みませぬ」

と竹内左膳は応じた。

重臣たちがどよめいた。その中で、宮武が、

「ほお、では何故、参加に加わったか？」

「こちらにおります、蘭堂不乱はそれがしの兄でございます。お召し抱えの誉れを頂戴する代わりに、兄と刃を交えたく存じます」

「これは、異なことを」

大仰に驚いてみせた宮武だが、その眼も顔も笑っている。万事承知の上なのだ。

「この時勢に仕官を望まず実の兄との戦いを願うとは、これはこれで貴重な人材やも知れぬ。よかろう、この宮武摩季の一存で、その願い叶えてとらすぞ」

「片じけのうございます」

竹内は低頭《ていとう》した。

宮武は背後の妙義守を向いて一礼し、天幕の南にあたる部分へ右手を上げた。

どん、と大太鼓が鳴って、そこだけ切れている幕の間から、不乱が現れた。小紋の上から襷をかけている。

「兄に間違いはないか？」

宮武が訊いた。

「相違ございません」

「おぬしの望みは、蘭堂も心得ておったと見えて、第一試合の前から、これこのように仕度を整えておった。感謝するが良いぞ」

「はっ」

と応じた両眼には、敵愾《てきがい》の光ばかりが燃えている。

「準備はよいな、蘭堂不乱？」

宮武の掛け声に、そちらも、はっと一礼し、

素早く竹内の前――五間の距離に進み出た。弟――竹内左膳こと賢祇の殺意に対し、こちらはひどく穏やかな眼をしていた。

兄と弟の一騎打ちかと、少なからず動揺する重臣たちに、

「さて、世にも珍しい試合を前に、ご一同に申し上げておくべき一事これあり。本来、ここにはいまひとり、武芸者がいるはずでござった。それがおらぬのは、我らが高札の内容をいまだ実践しておらぬゆえの侮りと見た。さあ、兄弟血肉の争いの引き出ものに、否、公儀隠密・柳生十兵衛三厳をここへと招く上策として――掲げい！」

家老は北側の天幕を指さした。眼もそちらを見ていた。

天幕の向こうから、気合のようなものがひとつ上がり、それからゆっくりと――でもなく、かと言って素早く――でもなく、一本の十字架が立ち上がったのである。その頂《いただき》から下方へぴんと張られた網と立ち上がり具合からして、何人かで土台を固定し、別の者が網を引いて直立させたのであろう。

やや後退し、どんとかなり下がったところを見ると、掘ってあった穴に柱の下部が嵌まり込んだに違いない。

柱には白装束の、娘といってもいい若い女が大の字に縛りつけられていた。言うまでもない。榛名家の生き残り志保であった。

重臣たちもこれは知っていたらしく、どよめきは少なかったが、すぐにも死の科《とが》を与えるの

が生気に溢れた若々しい美女であり、しかも縛った縄の具合で胸前が露わになって、二つの豊かな乳房が半ばのぞいているのを前にして、異様な熱風がその間を巡った。

拷問を受けた風はなく、志保の顔には十分に赤味がさし、気力も籠《こも》っている。それだけに、これから訪れる運命を考えると無惨というしかなかった。

「この女を見捨てるか、十兵衛？　うぬはそれでも将軍家指南流の嫡男か？　来ぬならばそれでも良し。何処かで、この一部始終は見ているであろう。その眼に、娘の死に様をよおく見ておくがいい！」

天幕の向こうから、すうと槍が持ち上がった。鋭い穂先が、志保の両脇の下へ直線を引いた。

定法による槍の数は六本だが、藩にとっての大罪人、則る必要などないということか。

「五つ数える。それまでに現れなければ、女は十文字に刺し貫かれるぞ。十兵衛それでも良いか」

風が沈黙を運んで宮武にぶつかった。

「五《いつ》うつ」

ついに彼は死の数を数えはじめた。

妙義守も重臣たちも、不乱と賢祇も石と化したかのように動かず、耳を澄ませている。

「四《よお》っつ——三《みい》っつ」

宮武の顔がどす黒い怒りに染まった。まさか、自分の読みが外れ、十兵衛は女を見捨てて、すでに江戸を目ざしているいるのではないか。ならば、ここで、このような数数えなど、全くの無意味ではないか。こうなれば、何が何でもあの女を残酷に殺さずにはおかぬ。

「二《ふた》あつ」

そして、ずっと早目に、

「一おつ――刺せい！」

その瞬間、彼の鼓膜はこう震えた。

「十兵衛は、ここにいる」

2

愕然とふり返る前に、宮武にはそれが女の囁きとわかった。だが、いったん動いた身体は慣《かん》性《せい》の法則に従って完全にふり返り――そこには誰もいなかった。

別の叫びが鼓膜に届いた。思い切り息を吐き出した苦鳴は、斬られたのではなく、打撃――峰打ちの効果であったろう。

身をふり戻して、宮武は磔柱《はりつけばしら》の方を見た。突きつけられた槍が大きく乱れて、幕の向こうへ沈んでいく。

「誰かおる⁉」

指さして叫んだ。天幕の向こうの武士たちが走り出す気配があった。それも数瞬――今度は凄まじい断末魔の叫びが噴出し、次々に倒れる音が上がった。

かっとそちらを凝視する宮武の眼の中で、世界は白く染まった。

いま雲が裂けひとすじの陽光が、天幕を裂いて現れた黒づくめの男の姿を照らし出したのだ。

一刀を下げた男は、低く告げた。

「柳生十兵衛見参でござる」

「おお!?」

と感動に近い叫びを放ったのは賢祇だ。同じ叫びに殺意を漲らせたのは不乱だ。他の重臣、家臣たちは言うに及ばず、宮武も妙義守も、その出現を待ちわびていたはずなのに、茫と固まったままだ。

十兵衛は左手に別のものを下げていた。乱れた金髪、見開かれた碧眼《へきがん》――ザーレスの生首を！

「貴様――いつ、どうやって!?」

宮武の誰何は嗄れていた。驚きと絶望が声さえ奪ってしまったのだ。それは、ザーレスの周囲に完璧なまでの警備陣を配し、ザーレス自身は武器蔵の石壁に囲まれておれと、固く命じておいたからだ。

だが、十兵衛は来た。そして、誰も知らぬ間にザーレスを殺害し、平然と悠然と、いや凄然《せいぜん》とここへやって来た。

「妙義守様、柳生十兵衛お誘いに乗って参上仕った。娘は頂いて参りますぞ」

十兵衛は言った。高らかな宣言と言って良い。居並ぶ者たちは石と化したように立ちすくんでいるばかりだ。

そのとき――

「違う！」

断固たる叱咤が広場を震わせた。不乱であった。彼は十兵衛を見つめていた。

「この男は十兵衛ではない。恐らくは別の間者だ。賢祇——十兵衛は何処にいる？」

彼は弟をにらみつけ⁉。

はっ、と気がついた。

「そうか——鹿は変わった。人間《ひと》もまた」

「来たか。十兵衛」

宮武は無理矢理困惑をふり切って、前方の男を十兵衛とみなした。不乱がおかしなことを言い出した。その指摘を審議するこころのゆとりは今の彼にはなかった。

「よくもザーレスを殺したな。だが、彼の手になる人造兵はその製法とともに残っておる。我がこといまだ終わらじ——」

宮武の言葉を断ち切ったのは、獰猛《どうもう》な爆発音と大地の震えであった。考えるまでもない。この規模は武器蔵だ。ザーレスの製法とその創造物とともに。

「柳生よ、うぬは」

炎も黒煙もまだ漂っては来ぬ。武器蔵は華広場正面の石垣をはさんだ反対側にあるからだ。だが、なおも続く爆発と家臣たちの絶叫は、彼に別のことを囁き、次の言葉を吐かせた。

「我がこと終われり」

「何だ、何が起きたのじゃ、宮武？」

妙義守の声も、家老の絶望を凌ぐことは出来なかった。

「何も——何事もございませぬ。ご安堵下さいませ」

別人のような優しい声音で告げた、その頭上を黒い塊が飛び過ぎた。

悲鳴が上がった。

十兵衛の足下に、赤児《あかご》の頭ほどもある石塊がめり込んだ。頭を砕かれた武士があちこちで倒れた。武器蔵の破片が、ついに飛来《ひらい》したのである。

「兄者」

賢祇が呼びかけた。不乱が、おおと受ける。どちらも逃げる風もない。

「終わったようだ、この城の主が考えた夢も。天はやはり、異形のものを許さず、か。何とかなると思ったが。まあ良い。今度はわしが表に立つ」

「それはなりません」

賢祇は一刀を抜いた。

「兄者、山へ帰りましょう。春の風花《ふうか》、夏の緑、秋紅葉《もみじ》の金山《きんざん》、そして冬の雪——人がいなくとも、あれらが我らとともに生きてくれますれば」

「それも良いかも知れぬな」

不乱がふっと笑った。

賢祇の表情が変わった。それは彼の望んだ笑みではなかったのだ。

抜き打ちに放った不乱の剣を、間一髪で躱したのは弟ならではだ。

「わしは、やはりこの世をわしらに合うように変えてみせる」

「天がそれを許さずと、まだわかりませぬか？」

先に賢祇が地を蹴った。

真っ向上段から打ち下ろした剣は、崩れる大《だい》波頭《はとう》を思わせた。それを顔面五寸先で受けた刹那、不乱は死を覚悟した。

だが――刃は砕けた。賢祇の刀身が。

愕然と跳びずさる弟へ送った兄の一撃は、その肩口を深々と割った。

不死身も血を分けた仲には通じぬのか、よろめく賢祇の首すじへとどめの袈裟斬りを叩きつけんとする不乱の口元には、明白な殺意の笑みが浮かんでいた。

だが彼は刃を止め、ふり向いた。耳もとで、敵はこちらと囁いた者があったのだ。

「富士枝か!?」

叫びつつ回転したのは剣も同じだ。

空を切ったその右方で、鈍い打撃音と短い悲鳴が重なった。

石垣の直撃を食らった右の側頭部を押さえて足をもつれさせる富士枝の胸を――、不乱の一刀が冷え冷えと貫いた。

思い切り引き抜いて、倒れる富士枝には眼もくれず、不乱は賢祇の方を向いた。

「これでおれひとり――誰も斃せぬぞ」

のけぞるようにして不乱は哄笑《こうしょう》を放った。

熄んだ。

隔てる距離は約四間。十兵衛の三池典太が陽炎を撥ね返した。石塊の降下は絶えている。血まみれの家臣たちが、あちこちに倒れ、女たちが名前を呼びつつ走り廻っている。三兄弟と十兵衛の戦いに気づいた者はいない。

「お前も生かしてはおけぬ」

不乱が歯を剥いた。十兵衛が青眼に構えた。

「斬れるか、わしが？　兄弟以外は斬れても殺すことは出来ぬぞ。だが、おれは――」

自信に満ちた表情が、突如歪んだ。ある驚くべき事実に気づいたのだ。

「その顔は――おぬし、賢祇の血肉を？」

棒立ちの述懐は、十兵衛に距離を詰めさせた。

不乱には一撃を放つ余裕があった。刃は空を切り、その頭上を越えざま十兵衛が閃かせた刀身は、確かに不乱の頭頂から顔の半ばまでを裂いていた。血と脳漿《のうしょう》を地べたに撒き散らしつつ、不乱は刀身を大地に刺してそれにすがり――動かなくなった。

3

十兵衛は賢祇に歩み寄った。

「私より――姉を」

苦痛をこらえた声に、十兵衛は背後をふり返ったが、動きはせず、片手を上げて拝んだ。富士枝の死をすでに知っていたのである。

少ししてふり返り、賢祇に肩を貸して起こした。

「姉上はわしを救ってくれた」

低くつぶやいた。

「借りは二つ――もう返せぬなあ。せめて、おぬしを救って勘弁してもらおう」

彼は広場を抜ける通路へと歩き出した。五歩と行かぬうちに、逃がすな、と聞き覚えのある声が下知した。

　大爆破の招いた混乱は、徐々に収まりつつあった。落ち着きを取り戻した家臣たちは、城代家老の指示に応じて二人を取り囲んだ。

　その数はざっと五十。いかに柳生十兵衛とはいえ、荷物を抱えていては、覚悟を決めざるを得ない状況と言えた。

「生かして返せば、我か遠丈寺藩の破滅じゃぞ。この場で斬り捨てい！」

　宮武の下知に応じた未熟者が数名、どっと斬りかかって、地に伏した。同時としか見えない。十兵衛のひと薙ぎは、それほど速かったのである。武士たちは後じさった。

「ええい、何を怖れる。天下の大流とは言え、ひとりと五十名――我らが敗れる道理はない。斬れい、斬り捨てい」

　宮武ではない。妙義守直々の、正に血を吐く叫びであった。殆ど同時に銃声が轟いた。十兵衛と賢祇が胸を押さえてよろめいた。弾丸を受けたのだ。

「今だ、斬れい」

　霹靂《はたたがみ》に打たれたように、武士たちは突進した。いかに十兵衛といえど、弾丸を浴びては防ぎようがない。

　だが、前後左右から斬りかかった四、五人は、あっという間に斬り伏せられたではないか。そのとき、正門の方で凄まじい大音声が爆発した。

「公儀・総目付――柳生但馬守宗矩、将軍様代理としてまかり越した。開門なされ」

後は潮の引くような収束ぶりであった。

家光の直筆になる書状を携え、裃《かみしも》の正装で訪れたた但馬守は、平伏する妙義守に、当藩に謀叛の疑いあり、後に遣わされる吟味役の取り調べが終わるまで、城主妙義守以下重臣は謹慎《きんしん》、家臣たちも一切領内から出てはならぬと厳命《げんめい》したのである。

気死《きし》したような妙義守に代わって、宮武が抗弁に当たったたが、彼はすぐに試みを放棄した。峻厳たる但馬守の姿から、彼が全てを知り、そして、その容疑の究明などはせず、具体的な立証など最初から求めていないと理解したからであった。

公儀は理非《りひ》を問わず、遠丈寺藩を取り潰すつもりなのだ。それは数千数万の不死兵団をもってしても到底及ばぬ巨大な権力の顕現《けんげん》であった。

「ご上意謹んで、承ります」

と宮武は言った。

それから天幕の一隅に立つ十兵衛へ眼をやって、

「これは御公儀によるご理由《いわれ》なき断罪でござる。その尖兵として、総目付の伜殿が暗躍《あんやく》なさるとは、御公儀の威信《いしん》も地に堕ちたものでござるな」

「余の伜？」

ちら、と宮武と同じ方へ眼をやった。

「あそこにいる武芸者のことか？　あのような男――この但馬守見た覚えもござらぬ」

「な――何と!?」

「伜十兵衛は、確かに武者修行の旅に出ておるが、御存知かどうか、あれの片目はつぶれておる。しかるに、あの者の両眼は開き、しかも何とも無惨な面様ではないか」

「この面《つら》は死ぬまで変わらぬか？」

十兵衛がこう尋ねたのは、中山道が西へと走る大門の前であった。志保は但馬守に預け、ただひとり――左源太のみが同道していた

「それは何とも」

賢祇は面目ないという風に眼を伏せた。

「我が血肉の影響、いつかは切れましょう。ですが、それが五年先か十年先か、或いは柳生様が生きられる限り続くかは、拙者にもわかりかねます。その間は、あなた様は――不死身でございますぞ」

「変わりつつある顔を水に映して見たときは驚いたが、ま、元の顔とて生涯何度眼にすることか、気長に待つとしよう」

「それがよろしゅうございます」

と左源太が言った。

肺を貫かれた彼が、何とか江戸の柳生屋敷に辿り着き、但馬守に十兵衛の書状を手渡せたのは，出がけにわざと肩を切って傷口に付着させた賢祇の肉片の効果であった。そして、人間技とは思えぬ速さで遠丈寺の城下へと戻り、今日、ザーレスの下へと十兵衛を導いた上で、死人兵たちを吹きとばしてのけたのも、同じ効果のせいであったかも知れない。

「では――参ります」

賢祇が静かに別れを告げた。

「これから、どうする？」

十兵衛は訊いた。答えはわかっていた。それでも訊いてみた。

「父を葬《ほうむ》った山の小屋に戻ります。兄上が言った父上が調合した滅びの薬――兄と姉の遺髪を埋めてから、それを探して誰ひとり知らぬ間にこの身を処分いたすつもりです」

「達者でな」

およそ無意味な言葉を、と十兵衛は思った。それしか思いつかなかった。

「柳生様もお達者で」

深々と頭をたれてから、賢祇は背を向けた。

十兵衛が空を仰いだ。

雲はなく、街道の果てに小さくなって行く賢祇の姿を、陽光が照らしている。

「せめても、な」

十兵衛がつぶやき、左源太がうなずいた。

「行くか」

「は」

二人も踵を返した。

門をくぐるとき、十兵衛はふと背後を見た。

――降り注ぐ光の中に、甦った死者の姿はもう見えなかった。


（完）

あとがき

本作を読まれた勘のいい方はもう気づかれただろうし、悪い方も次作をお読みになればわかると思う。それでもわからない方のためにも、ここで打ち明けるが、「隻眼流廻国奇譚」は、一九五〇年後半から六〇年代前半にかけて隆盛《りゅうせい》を極めた英ハマー・フィルムのオマージュになっている。

一作目は「吸血鬼ドラキュラ」(58)(但し、女吸血鬼だけど)、二作目が「フランケンシュタインの逆襲」(57)である。もっとも映画は「フランケン～」の方が先で、小説が逆になったのは、吸血鬼の方が日本人向きで、しかも売れそうだという作者と出版社の意向＝思惑が合致したためである。ハマー・ファンの方は諒とされたい。

昔の漫画には、こういう換骨奪胎《かんこつだったい》がしょっ中あって(今も時々、より巧妙に)、読者も、「あ、やりやがったな」とニヤニヤしていたものだが、いやあ、小説でとなると、しんどいことしんどいこと。

大体、一九世紀後半の西欧の物語(映画の時代である。原作ではない)を、一七世紀中盤の日本へ移植するのだから、もう大騒ぎ(私ひとりだが)。そこへ時代考証無知の振りかけが大盤振る舞いされるから、もうニッチもサッチもである。

仕事はうつ伏せ状態でこなす。これは周囲の本やら等の愉しみと切り離されるから、執筆に集中できるという利点はあるのだが、「何をするのも面倒臭い」という欠点が出る。手をのばしたところにない資料等を取るのがメンドーなのである。資料の場所もわかっていていて、取りに行きゃ一発で済むのだが、それが、「面倒臭い」の原点であって、「いーや、後で調べよー\(-o-)/」の日々が私を待っている。

その結果がどう出るかはわからないが、とにかく、「終わった終わった」であった。しかも、最終締め切り日の前日、オヤシラズを抜くことになって疲労困憊《こんぱい》、麻酔で意識モーロー（少しだけど）。殆どゾンビ状態で書き上げた。

「フランケンシュタインの逆襲」ＤＶＤをお持ちの方は、誰がピーター・カッシング（Ｆ博士）で、クリストファー・リー（クリーチャー）か、当ててみるのもお楽しみであろう（絶対当たらないけど）。

というわけで、私の成長を血と絶叫で見守ってくれたハマーへの恩返し第三部は、「吸血狼男」（61）か、「ミイラの幽霊」（59）か、「吸血鬼ドラキュラの花嫁」（60）かの予定である。乞御期待。いきなり「吸血ゾンビ」（65）という裏技もあるけどねー。

さて、サービスの一環として、「フランケンシュタインの逆襲」のストーリイを載せておこう。

医師ポールは由緒あるフランケンシュタイン家の若き当主。ヴィクターの家庭教師として雇われ、ともに生命の秘密を解明するが、生命創造に憑かれたヴィクターは、ついに殺人にまで手を染め、優秀な学者の死体から脳を取り出そうとする。止めに入ったポールと争った挙句に傷ついた脳を移植された人造人間《クリーチャー》は、狂ったモンスターと化した。盲目の老人とその後、そして、ヴィクターにとって邪魔となった家政婦まで手にかけた怪物は、ヴィクターの許婚者、エリザベスまで襲いかかるが、ランプの炎を浴びて硫酸槽に落下、その姿を消した。ヴィクターには断頭の座が待っているのだった。

――以上。何処がどうなったか、捜してごらん――(-o-)/。

二〇一七年二月某日　当然「フランケンシュタインの逆襲」（57）を観ながら。

菊地秀行

隻眼流廻国奇譚
人 造 剣 鬼

2017年3月1日　第1刷

著　者
菊地 秀行

発行人
酒井 武史

カバーおよび本文のイラスト　末弥 純
帯デザイン　山田 剛毅

発行所　株式会社　創土社
〒165-0031　東京都中野区上鷺宮5-18-3
電話 03-3970-2669　FAX 03-3825-8714
http://www.soudosha.jp

印刷　株式会社シナノ
ISBN978-4-7988-4003-1　C0293
定価はカバーに印刷してあります。